=주몬지 아오 일러스트=시라이 에이리

재와 환상의 그림갈

vel. 3—뜻대로 되지 않는 것이 세상사라고 납득하는 수밖에 없지만

“적의 우두머리인 키퍼(보루지기)는 세 개의 감시탑 중 어느 하나에 있다고 보고 있어.”

브리는 그림 도면을 바닥에 펼쳐놓고 램프로 비췄다. 보아하니 데드 헤드 감시 보루의 보루 본체를 그린 것 같았다.

"그렇다! 그거야…! 굼벵이 따위가 아니야! 좋아, 모구조…!"
마치 다른 사람 같다. 아니, 이것이 진짜 모구조인지도 모른다.

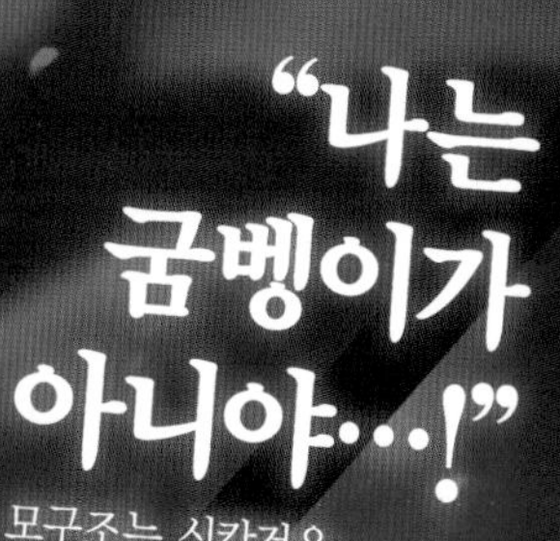
"나는
굼벵이가
아니야…!"
모구조는 식칼검을
종횡무진으로 휘두르며
공격한다.
숨 쉴 틈 없이 계속
공격한다.

"눈을

그 말에 눈을 떠보니 그곳은 낯선 세계, 그림갈이

하루히로 일행은 살아남기 위해서 의용병으로서 모험의 나날을 보내게 되

파티의 핵심이었던 마나토를 잃으면서도 신관 메리를 동료로

하루히로 일행. 약간의 성장과 함께 견습생을 졸업

실력을 시험해보기 위해 사이린 광산에 도전한 하루히로

코볼트에게 고전하면서도 조금씩 성장해

그런 와중에 란타가 파티에서 홀로 떨어지는 사고가 일어

언데드가 된 메리의 옛 동료와 싸우게

메리가 과거의 동료를 정화하는 일에도

한숨 돌린 모두의 앞에 죽음의 반점, 데드 스팟이 엄습

파티는 붕괴 직전까지 몰리지만 그 위기에서 그들을 구해낸

하루히로의 일격이

기뻐하는 동료들과 실감이 나지 않는 하루

오늘도 살아남

그리고 모험은 계속

뜻대로 되지 않는 것이 세상사라고 납득하는 수밖에 없지만

재와 환상의 그림갈 level. 3

주몬지 아오

팀 렌지

론 ——— *class* : 성기사 —— 팀의 No.2
삿사 ——— *class* : 도적 ——— 화려한 여자. 아마도 M.
아다치 —— *class* : 마법사 —— 안경.
꼬마 ——— *class* : 신관 ——— 마스코트.

새벽 연대(DAY BREAKERS)

케무리 —— *class* : 성기사
빙고 ——— *class* : 사령술사
시마 ——— *class* : 검무사
리리야 —— *class* : 주술의

기타

킷카와 —— *class* : 전사
하야시 —— *class* : 전사
미치키 —— *class* : 전사
무츠미 —— *class* : 마법사
오그 ——— *class* : 도적

그 외의 캐릭터
Other Characte

렌지 *class* —— 전사

렌지 팀의 헤드.
야수계. 거칠다.

마나토 *class* —— 신관

파티의 총괄역이었다.
좋은 녀석이었다. (과거형)

소우마 *class* —— 무사

클랜 '새벽 연대'를 창립한다.
뭔가 목적이 있는 모양.

Characters

하루히로

class — 도적

졸린 눈이다.
초식계 잠정 리더.

유메

class — 사냥꾼

천연 힐링계.
살짝 수상한 칸사이 사투리?

란타

class — 암흑기사

촐랑이에 제멋대로에 적당주의
인간. 인기 없기로는 넘버 1.

시호루

class — 마법사

내성적.
노력가이고 존재감이 희미하다.

모구조

class — 전사

곰계. 약간 둔하지만 믿음직한 곰.

메리

class — 신관

쿨한 미인. 의용병으로서는
선배이며 약간 어른스럽다.

1. 신분과 재능과 씁쓸함과

"란타! 너무 멀리 가지 마…!"

하루히로는 란타에게 그렇게 외쳐 주의를 주면서도 모구조와 맞붙어 싸우는 코볼트 포맨(보스) 뒤에 붙어 빈틈을 노리고 있었다.

아니, 빈틈은 있다. 꽤 많다.

방금 전에도. 지금도. 할 수 있다. 해치울 수 있다.

포맨은 꼬리를 흔들어 전후좌우로 격렬하게 움직이고 있지만 버릇은 이미 파악하고 있고 모구조가 이렇게 공격하면 포맨은 이렇게 막겠지, 다음은 이렇게 나오겠지, 그게 아니라면 이거겠지—하는 식으로 대충 예측할 수 있다. 백 스태브(등 찌르기)로도, 스파이더(거미 죽이기)로도 해치울 수 있다. 자신은 있다.

그런데도 하루히로는 포맨과의 거리를 좁히지 않는다.

그게 아니기 때문이다.

하루히로가 노리는 것은 다른 곳에 있다.

보이지 않을까? 생각하고 있다. —그 선.

흐릿하게, 희미하게 살짝 빛나는 선.

그게 보인다면.

『네가 본 선이라는 건 경험을 쌓으면 누구나 한두 번은 보는—것이라고나 할까, 느낀다고 하는 편이 정확하겠지』 라고 도적 길드의 바르바라 선생님은 말했다. 『—보이기도 하고 안 보이기도 해. 집중한다고 꼭 보이는 것도 아니고』 라고도.

『나쁘지 않은 징조야』 라고 바르바라 선생님은 말했다. 『단, 착각하면 안 돼. 그건 특별한 일이 아니야』 라고도 못을 박았다.

경험을 쌓으면 누구나 한두 번은 본다.

하지만 하루히로는 몇 번이나 그 선을 봤다. 죽음의 반점 데드 스팟을 쓰러뜨렸을 때에도—아니, 그때의 선은 좀 더 뚜렷했다. 만약 그 선이 보이지 않았다면 하루히로는 데드 스팟을 잠재울 수는 없었을 것이다. 데드 스팟은 하루히로를 떨쳐내고 동료들에게 덤벼들었을지도 모른다. 그랬다면 희생자가 생겼을 수도 있다. 누군가가 죽었을지도 모른다.

하루히로는—하루히로 일행은 그 선에 의해 구원받은 것이다.

만약 그 선이 보인 것이 단순한 우연에 불과하다면.

어쩌다가 마침 그때 보인 것. 그것뿐이라면.

운이 좋았다는 뜻이 된다. 하루히로는 운이 좋았다. 만약 운이 없었다면 다들 죽었을지도 모른다.

그저 운이 좋았을 뿐. 그렇게는 생각하고 싶지 않—은 건가…?

하루히로도 솔직히 잘은 모르겠지만 선이 보인다면—하고 생각하고 있음은 틀림없다. 그 선을 보고 싶다.

가능하면 자유자재로 보고 싶다.

원할 때, 원하는 만큼 그 선을 볼 수가 있게 된다면—어쩌면 무적이 아닐까…?

별로 무적이 되고 싶다거나 그런 건 아니지만. 그래도 강해진다면. 여차할 때 승부를 결정지을 수 있을 만한 힘이 나에게 있다면.

"참으로…!"

선, 선, 선, 선, 선에 관한 것만 생각하는 동안에 모구조가 통칭 참으로 베기, 정식 명칭 레이지 블로(분노의 일격), 힘껏 비스듬히 내리치는 혼신의 참격을 포맨에게 선사했다. 모구조의 검은 포맨의 어깨부터 15~20센티미터 정도 파고들었다. 포맨이 입은 체인 메일 따위는 전혀 문제가 되지 않는다. 엄청난 괴력이다. 하지만 그뿐만이 아니다. 검이다.

막칼 같은 검. 더 초퍼.

다 함께 상의한 끝에 최종적으로 란타의 아이디어가 채택되어 붙은 이름이다.

길이는 1.2미터 정도니까 그리 큰 건 아니지만 유난히 두껍다. 날밑이 달려 있긴 하지만 인상으로 봐서는 거대한 식칼 같다.

원래 주인은 바로 데드 스팟.

용케도 저런 걸 잘 다루네.

"끙…!"

모구조는 포맨을 걷어찼다. 사이를 두지 않고 곧바로 초퍼를 포맨의 머리에 내리친다. 우직—깨졌다.

"다음…!"

뭐랄까, 믿음직스럽다.

감탄하고 있노라니 메리가 "하루!" 라고 이름을 불렀다.

"어?! 뭐, 뭐…?!"

"뭐긴 뭐야…!"

란타에게서 지적받고 싶지 않다. 하지만 지적을 당해도 어쩔 수 없나?

하루히로 일행은 최근 사이린 광산 3층, 코볼트 워커들의 거주구에서 주로 엘더코볼트의 포맨으로 표적을 정해서 사냥을 하고 있다. 포맨의 탤리스먼은 복불복이긴 하지만 비싸게 팔리는 경우도 있고 데드 스팟이 죽은 지금은 3층 부근이라면 그리 위험은 없다.

꾸준히 차곡차곡 벌기에는 좋은 사냥터다.

그렇긴 해도 이곳은 어디까지나 적대 종족 코볼트의 근거지니까 위험하지 않은 건 아니다. 사실 방심하면 뼈아픈 반격을 당한다.

모구조가 포맨을 쓰러뜨리자 남은 건 똘마니 두 마리. 팔로어 A는 란타가 유인했고 또 한 마리의 팔로어 B는 유메와 메리에게 흠씬 얻어맞고 있다. 제법 강한 포맨을 처치했기 때문에 낙승 패턴이라고 안이하게 생각하다가는 이런 일이 일어나기도 하는 것이 세상 이치다.

다른 포맨이 세 마리의 새끼돼지가 아닌 세 똘마니를 이끌고 으싸으싸 하며 저쪽에서 다가오고 있지 않은가.

"여섯…." 반사적으로 덧셈을 중얼중얼 했더니 유메와 메리를 상대하던 팔로어 B에게 모구조가 초퍼를 "참으로…!" 라며 쑤셔 박아 쓰러뜨렸다.

"—아. 다섯."

"이야압…!"

란타가 팔로어 A와 코등이싸움으로 맞붙었다—고 생각했는데 챙강—하고 튕겨낸다.

새로 배운 암흑 투법 스킬, 리젝트(분노의 떨치기). 덤벼드는 상대를 검으로 밀쳐내 거리를 두는, 수수하다면 수수한 스킬이다. 란타 주제에 용케도 저런 걸 습득할 생각을 했네.

단, 리젝트에서부터 다른 스킬로 연결하면 딱 알맞게 콤보(연속기술)가 완성된다.

"앵거(분개 찌르기)…!"

팔로어 A를 사정거리 밖으로 밀어내고 나서 앞으로 나서며 목덜미에 찌르기를 날린다.

아뿔싸.

지금 한순간, 하루히로는 란타를 멋지다고 생각하고 말았다.

란타는 스킬만 배운 것이 아니라 전에 애용하던 양동이 모양 투구가 망가졌기 때문에, 바시네트라는 바이저 달린 투구를 새로 샀다. 중고품이라 거무스름하게 변색이 되긴 했어도 그 점이 더욱 암흑기사인 자기에게 어울린다는 등 그런 멍청한 생각을 하고 있겠지. 하지만 실제로 왠지 암흑기사다워서 아주 살짝 멋있다고 말할 수 없는 것도 아니다.

"—그게 아니라, 넷…!" 하루히로는 황급히 지시를 내렸다. 일단 리더니까. "모구조는 포맨을! 란타, 팔로어를 한 마리 부탁해! 가능하면 빨리 쓰러뜨려! 나머지 두 마리는 우선 나랑 유메가…!"

"끙차—!" 모구조가 포맨에게 덤벼들어 코등이싸움이 되었다. 윈드(卷擊)로 겁을 먹게 만든 후에 계속 밀어붙인다.

"헤이트리드(증오 베기)…!" 란타는 팔로어 C에게 달려들어 첫 공격은 빗맞혔으나, 계속해서 공격을 쏟아내 역시 밀어붙이고 있다.

팔로어 D에게 정면으로 돌진하던 유메는 상대가 삽으로 내리치자 "우냥"이라고 외치며 몸을 낮춰 후퇴해서 피했다. 갓 배운 이즈나 턴. 헌팅 나이프술 스킬이다. 헌팅 나이프와는 직접적인 관계가 없는 것 같기도 하지만. 깜짝 놀란 것 같은 팔로어 D에게 유메가 접근한다. 잡초 베기에서 사선 십자의 콤보. 팔로어 D는 주춤거렸다.

"나도…!"

화려하게 활약하고 싶다—는 것도 아니고, 맞붙어 싸우는 전개는 도적의 장기가 아니다. 팔로어 E가 삽으로 공격한다. 칼자루까지 금속으로 되어 있어 땅을 파는 것만이 아니라 무기로도 사용할 수 있는 튼튼한 삽이다. 하루히로는 그것을 대거로 튕겨냈다. 스와트(파리채). 스와트. 스와트. 스와트는 기본적으로 방어를 위한 스킬이지만 찬스만 있다면 이런 일도 가능하다.

팔로어 E가 크게 휘두른 삽을, 굳이 스와트를 하지 않고 피한다. 팔로어 E는 위험하다고 느꼈는지 재빨리 삽을 되돌리고 이번엔 짧게 휘둘렀다. 위력보다 속도를 중시한 스윙이다.

"웃…!"

하루히로는 스와트를 했다. 다소 강하게, 삽을 팔로어 E의 몸 바깥쪽으로 밀어내는 것처럼.

결과적으로 빈틈이 생겼다.

곧바로 파고들어 왼손과 오른손으로 팔로어 E의 오른팔을 잡았다. 팔꿈치를 꺾고 "꺙" 하고 짖은 팔로어 E에게 다리후리기를 걸어 넘어뜨렸다.

바르바라 선생님께 배운—이라고나 할까, 늘 그렇듯이 몸을 통해 익힌 싸움살법 스킬, 어레스트(결박).

제대로 들어가면 제법 기분이 좋지만 화려하지는 않단 말이지.

하루히로는 넘어진 팔로어 E의 턱을 힘껏 밟았다. 코볼트의 머리 부분은 개를 닮았고 깨무는 힘은 강하지만 턱의 내구성 자체는 결코 크지 않다. 특히 옆에서 받는 충격에 약하다. 팔로어 E는 기절했거나 그에 가까운 상태에 빠졌다.

"옴 렐 엑트 파람 다슈…!" 시호루의 지팡이 끝에서 검은 해초 같은 그림자 엘리멘탈이 뿜어 나와 나선을 그리며 날아간다. "유메…!"

"우냐!" 라고 외치며 유메가 웅크리자 그 머리 위를 그림자 엘리멘탈이 날아 지나가 팔로어 D에게 직격했다. 그림자 엘리멘탈은 팔로어 D의 코와 귀, 입을 통해 체내로 파고든다. 그러자 팔로어 D는 넋이 나간 것처럼 멍하니 서 있게 되었다.

섀도 콤플렉스(교란의 환영).

좀 더 공격력이 있었으면 좋겠다고 말했지만 막상 시호루가 새로 습득한 대시 매직(그림자 마법)은 대상의 뇌에 작용해서 현혹시키는 마법이었다. 깊은 잠으로 이끄는 슬리피 섀도(수마의 환영)와 좀 비슷하지만, 섀도 콤플렉스는 방어 태세를 갖추고 있는 상대와 흥분한 상대에게도 먹히기 쉽다고 한다. 시호루다운 선택이라고 말할 수도 있고, 유용성을 봐도 꽤 유용하다.

유메가 눈앞에 있는데도 팔로어 D는 갑자기 삽을 내던지고 머리를 감싸 쥔다.

"우냐냐냐냐앗…!"

유메가 헌팅 나이프로 팔로어 D를 마구 친다. 팔로어 D는 제정신으로 돌아온 것 같았지만 이미 늦었다. 저토록 엉망진창으로 칼을 맞으면 도저히 만회할 수 없겠지.

"으랴앗…!"

란타가 리젝트로 밀쳐내고 앵거로 잠재우는, 요즘 마구 써먹는 콤보로 팔로어 C를 해치웠다.

"끙차…."

모구조가 포맨을 상대로 고전하고 있는 건가? 아니다, 그게 아니다. 지금 포맨의 검이 모구조의 왼쪽 팔을 포착했으나, 저건 분명 일부러 그런 것이다. 모구조는 합리적인 가격의 판금 갑옷 허리 보호대와 팔 보호대를 구입해서 갑주 대장간에서 사이즈를 고쳐 장착했다. 중장식 전투술 스킬도 하나 배웠다.

포맨의 검이 모구조의 왼팔 장갑에 캉—하고 맞더니 튕겨 나왔다. 보통의 튕겨 나오는 방식이 아니다.

스틸 가드.

전사가 아닌 하루히로는 잘은 모르지만, 방호구와 특별한 힘 조절을 결합시킨 기술로 적의 공격을 튕겨내는 스킬이라던가, 뭐라던가.

참고로, 하루히로 일행은 메리가 습득한 광마법 프로텍션(빛의 수호)으로 신체 능력과 온갖 저항력, 자연 치유력이 향상된 상태다. 광명신 루미아리스의 심벌인 육망성과 관계가 있는 건지, 한 번에 여섯 명까지, 30분 정도 효과가 지속되는 프로텍션을 걸어두면 왼쪽 손목에 빛나는 육망이 떠올라 명백하게 몸이 가볍게 느껴지고 엄청나게 컨디션이 좋아진다.

그 덕분이기도 한지, 어쨌든 모구조는 호쾌하게 끝장을 냈다.

물론, 저거다.

"참으로…!"

이미 정석이라고나 할까. 강도, 위력, 안정감 모두 우수한 참으로 베기.

검이 튕겨나가고 자세가 무너진 포맨의 어깻죽지에 모구조의 식칼검이 꽂힌다. 첫 번째 포맨을 해치웠을 때와 거의 같다.

모구조는 저래 보여도 꽤 솜씨가 좋은데, 란타처럼 이상하게 폼을 잡거나 잔재주를 부리거나 하지 않는다. 좋은 의미로 우직하다고나 할까, 기본에 충실하게 같은 일을 반복하는 동안에 그것이 모구조의 형태로서 완성되어가고 있다—이렇게까지 말하면 좀 과장일지도 모르지만, 아무튼 모구조의 참으로 베기가 필살기화되고 있음은 틀림없다.

당연히 완력이나 기술의 숙련도나 그리고 무기의 질 등 요소는 여러 가지 있겠지만, 특히 타이밍이 좋은 것이다. 지금이다 싶은 순간에 반드시 나오는 참으로 베기. 박수를 쳐주고 싶다. 칠까? 망설이는 동안에 유메가 몰아붙이던 팔로어 D를 란타가 뒤에서 쓰러뜨렸다.

"으랴앗! 바이스 획득…! 우하하하하…!"

"정말이지! 뭐 하는 거야? 유메가 할 수 있었는데!"

"뭐야? 자기 손으로 죽이고 싶었다고? 핫. 절벽도 나름대로 완전히 피에 굶주린 늑대 같네! 너도 스컬헬 님께 귀의할 거냐? 응?"

"그럴 리가 없지. 유메는 사냥꾼이니까. 백신 엘리히를 아주 좋아하고. 유메는 단지 코볼이랑 막장을 뜨고 싶었단 말이야. 여자와 남자의 승부였고 마지막까지 해내는 편이 좋지 않았나 싶은 것뿐! 그리고 절벽이라고 부르지 마!"

"—유메, 막장이 아니라 맞장이야." 하루히로는 잠자코 있을 수가 없어서 만약을 위해 정정해봤지만 예상대로 무시당했다.

"절벽은 어디까지나 절벽이야! 분하면 크게 만들어봐!"

"어떻게? 어떻게 하면 가슴이 커지는 건지 유메는 모르는걸!"

"뭐야?! 너, 그야 당연히…." 란타는 자기 가슴을 주무르는 것 같은 동작을 해 보인다.

시호루가 싸늘한, 너무나 차가운 눈으로 란타를 보았다. "…성희롱."

메리는 살짝 한숨을 쉬었다. "저질."

"그게 어때서!" 란타는 파란 힘줄이 선다. "성희롱이면 어떻고! 저질이면 어때! 더 욕해봐! 그 정도로 내가 겁을 집어먹을 거라고 생각하지 마! 이렇게 되면 차라리 최악의 저질 성희롱 대왕이 되어주지…!"

"흠—." 유메는 자기 가슴을 주무르는 것 같은 동작이라고나 할까, 진짜로 주물렀다. "주물럭주물럭하면 가슴이 커지는 거야? 그렇다면 그렇게 어렵지는 않구먼."

모구조가 "푸웃" 하고 뭔가를 뿜었다.

"유, 유메…." 시호루가 유메의 팔을 붙잡고 말렸다. "그, 그런 걸 사람들 앞에서 하는 건 좀…."

"엉? 아무도 없는 곳에서 하는 게 좋은 거야?"

"아니, 그게…, 그런 문제가 아니라…."

란타는 "쳇" 하고 내뱉듯이 말한다. "어차피 주무를 것조차 없는 안타까운 절벽이니까. 신경 쓸 필요도 없겠지. 캇캇캇."

"정말! 란타 바보!"

"바보가 아니야! 나는 최악의 저질 성희롱 대왕이다! 방금 전에 즉위했지만! 무엄하도다! 짐을 떠받들라!"

"이젠 아예 배 째라는 거네…."

하루히로는 코볼트들의 사체를 점검하기 시작했다. 장비 등은 중량에 걸맞은 값어치가 나가지 않는 것이라 회수하는 건 탤리스먼으로 충분하다.

쪼그리고 앉아 팔로어의 귀에서 신중하게 귀걸이를 빼내려고 했더니 란타가 날아왔다. 바로 옆에 나뒹굴던 다른 팔로어의 코에서 금색 코걸이를 휙 잡아 뜯는다. 그러니까, 그런 난폭한 점이 싫다니까. 그 밖에도 싫은 점은 엄청 많지만. 오히려 싫은 점뿐이지만.

"엉? 뭐야?" 란타는 하루히로를 노려본다. "뭐 불만이라도 있어?"

"별로…."

"나는 있다."

"뭐?"

"하루히로, 너 말이야." 란타는 금색 코걸이를 엄지로 튕겨내 손바닥으로 받아냈다. "너, 착각하는 거 아니야?"

"착각? 응…? 뭘?"

"말하자면 있지, 그거. 너, 히어로가 되고 싶다거나, 그런 생각하는 건 아니겠지?"

"히어로?"

란타답게 헛소리를 지껄인다. 처음엔 그렇게 생각했다.

하지만 아무렇지도 않게 넘긴 그 말이 위 안에서 급속하게 무게가 불어난다.

히어로. 히어로라니.

그렇게 되고 싶다거나, 그런 생각은 해본 적도 없고. 없—지만.

히어로가 되고 싶다고 정말로, 아주 조금도, 전혀 생각하지 않는다. 단.

단—뭐랄까.

"아까" 라고 란타는 목소리를 낮춰 말했다. 주위에 들리지 않게 하려는 것처럼, 혹시나 주위에 배려를 하는 건가? 설마 란타인데.

"움직임이 변했어, 너."

"…그렇지 않아."

"아—니야. 변했어. 좀 더 확실히 말하자면, 너만 변했어. 한 템포 늦다고나 할까. 그게 아닌가? 그런 게 아닌데. 그런 건가? 아무튼, 뭐든 상관없지만. 너, 그거지? 한 방을 노린 거 아니야?"

하루히로는 살짝 어깻짓을 해 보일 뿐 대꾸하지 않았다. 표정이 변하지 않도록 노력했지만 실은 식은땀이 났다.

그야말로 맞는 말이었기 때문이다.

란타 주제에, 어떻게 안 거지?

"네 스타일이 아니야, 하루히로. 응? 분수를 알아야지? 안 그래?"

란타가 어깨를 철썩철썩 때린다. 날려버릴까 생각했지만 참았다.

말해봤자 소용없으니 말하지 않는다. 네가 알아? 란타, 네가. 모를 거야. 란타 따위가 하루히로의 마음을 이해할 수는 없다.

하루히로는 죽을 뻔했던 것이다. 자기 목숨과 맞바꿔서 동료를 도망치게 하려고 했다.

확실히 동료들은 살았고 하루히로도 죽지 않았다. 덤으로 데드 스팟까지 해치워버렸다. 괜찮은 결과다.

결과는 좋았지만 끝이 좋다고 다 좋은 건 아니다.

왜냐하면 운이 좋았던 것뿐이다.

그때 때마침 그 선이 보이지 않았다면 하루히로는 데드 스팟을 죽일 수 없었다. 그래도 보였으니까 된 거 아닌가? 그런 식으로 가볍게 생각할 문제가 아니다.

만약 다음에 비슷한 일이 일어난다면 또다시 천운에 맡길 수 있을까?

그럴 수는 없겠지. 그럼 어떻게 하면 좋은가?

두 가지가 있다.

사생결단을 해야 하는 위험한 상황에 처하지 않도록 한다. 물론 그 점은 주의할 생각이다.

그리고 또 한 가지.

운이 아니면 된다.

언제든지 그 선이 보이게끔 되면 괜찮은 거다.

하지만 그것은 그런 것이 아니다. 바르바라 선생님조차 『보이기도 하고 안 보이기도 해. 집중한다고 꼭 보이는 것도 아니고』 라고 말했다. 무작정 믿고 있을 수는 없다. 기대하는 건 잘못이다. 알고는 있지만.

어쩌면—하루히로는 생각하는 것일까?

실은 그건 운 같은 것이 아니라, 나에게도 재능이 있는 건지도 모른다고.

—그야 있으면 좋겠지만.

"하루?"

"어?"

돌아보니 옆에 메리가 쪼그리고 앉아 있기에 놀랐다.

"뭐, 뭐? 어? 왜 그래…?"

"내가 할 말." 메리는 살짝 웃었다. "걱정거리라도?"

"아니—."

이곳이 사이린 광산 3층이 아니고 주위에 메리 이외에 아무도 없었다면 솔직하게 털어놨을까?

그래도 역시 말 못했을지도 몰라.

“아무것도 아니야.”

“그래. 그럼 됐어.”

메리는 별로 됐다고 생각하지 않는 것 같은 표정이었다. 마치 나쁜 짓이라도 한 것처럼 하루히로는 가슴이 묵직하게 아팠다.

뭔가 불합리하단 말이야, 이런 것.

2. 우연

오르타나로 돌아와 전리품을 팔아넘기고 수입을 나누고 밥을 먹고 그리운 나의 의용병 숙사로 돌아와 목욕을 하고 방으로 들어가서, 자, 이제 자면 된다—는 상황이지만, 그럴 마음이 들지 않았다.

방 벽에 걸린 램프는 이미 껐다. 그 램프와 건초가 깔린 2층 침대가 두 개. 그것밖에 없는 방이다.

슬슬 여길 벗어나서 좀 더 좋은 방에 묵고 싶다. 지금이라면 못할 것도 없는데도 좀처럼 저지를 수가 없다.

하루히로는 2층 침대 위층에 누웠다. 옆 침대 밑은 모구조고 위는 란타다.

4인실에 세 사람.

처음엔 정원에 맞게 네 명이었다.

하루히로는 잃어버린 동료의 이름을 가만히 부르려다가 그만뒀다.

침대에서 내려오자 모구조가 "…하루히로 군?" 하고 말을 걸었다. "왜 그래?"

란타는 살짝 코를 골고 있다. 잠든 모양이다.

"아…, 응." 둘러댈 말이 떠오르지 않아 하루히로는 어물거렸다. "아니, 뭐 별일이 있는 건 아닌데."

말하고 나서 화장실에 간다고 둘러대기라도 할 걸 그랬다고 후회했다.

"어디… 가?"

"어? 안 가. 그냥…. 밖에 바람을… 쐬러?"

왠지 말꼬리가 올라간 문구를 내뱉고 보니 좀 부끄러웠다. 모구조는 그 이상 추궁하지 않았다.

"그렇구나…."

"응. 모구조, 졸리지? 목소리가 졸린 것 같아. 자는 게 좋겠어. 잘 자."

"잘 자."

방을 뒤로하고 정말로 바깥바람을 쐬러 갈까 망설였다. 그렇게 해도 좋겠지만 딱히 바깥으로 나가고 싶은 것도 아니다. 만약 모구조가 대화 상대가 되어주었다면 방에서 나갈 필요조차 없었다.

의논 상대가 되어달라고 모구조에게 부탁하는 게 좋았을까?

그럴 수는 없지.

어째서 그럴 수 없는 건가? 설명할 수 있을 것 같은, 없을 것 같은. 단지 모구조에게는 말할 수 없다.

모구조는 좋은 녀석이지만. 입도 무거울 것 같고. 하지만 그런 문제가 아니다.

하루히로는 숙소 1층 복도 벽에 등을 대고서 쪼그리고 앉았다. 복도에는 낡은 램프가 몇 개 달려 있어 밝다고 할 정도는 아니지만 캄캄하지는 않았다.

모구조가 아닌 다른 사람에게라면 말할 수 있냐 하면, 그런 것도 아니고. 예를 들어 란타는 절대로 무리. 있을 수 없는 일이다. 유메에게 말하면 왠지 4차원 토크가 되어 영문을 모르게 될 것 같고. 시호루는—음…, 생각해보니 시호루와는 그리 많이 이야기한 적이 없구나. 시호루와 1대 1로 말하는 상황을 상상하기는 힘들다.

메리라면 분명 하루히로의 이야기에 귀를 기울여줄 것이다.

하지만 그래도 될까? 좋지 않은 것 같은 느낌이 든다. 이 이상 메리에게 응석부리고 싶지 않다. 약한 모습을 보이고 싶지 않다. 멋지게 보이고 싶다. 그런 마음도 솔직히 있지만, 그것뿐만은 아니라고.

메리는 나중에 이 파티에 들어와서 자격지심까지는 아니어도 부담감이라고나 할까? 파티에 공헌해야 한다는 그런 느낌 비슷한 것을 역시 갖고 있는 것 같다. 그 점을 이용하는 것 같아서 마음이 내키지 않는다고나 할까. 지나친 생각인가?

무엇보다도, 뭘 그렇게 고민할 필요가 있는 건가?

절체절명의 위기를 운 좋게 헤쳐 나와 나름대로 잘해나가고 있다. 확실히 운이 나빴다면 전멸했을 것이다. 하지만 그 타이밍에서 데드 스팟과 마주치고 만 것은 이미 운이 나빴던 것이고, 하루히로는 재수 좋게 데드 스팟을 죽였다. 플러스마이너스 제로다.

결국 하루히로는 그저 불만을 느끼는 것뿐인지도 모른다.

나는 이렇게 파티에 관해 생각하고 있다. 필사적으로 열심히, 아, 이거다 하고 골머리를 썩이고 있다. 그런데 동료들은 어떤가? 꽤나 마음 편하지 않은가? 새로운 스킬을 배우고, 장비를 새로 구입하고, 강해졌다고 생각하고. 아니, 실제로 강해진 건지도 모르지만, 그렇긴 해도 하루히로 일행은 아직 최하층의 의용병이다. 데드 스팟을 죽이고, 새벽 연대(DAY BREAKERS)의 케무리 씨에게 술 한잔 얻어먹었다고 우쭐댈 때가 아니다. 그건 실력이 아니라 어디까지나 운이 좋았던 것뿐이다. 착각해선 안 된다. 그런데 그런 것도 모른다니까. 알고 있는 건 하루히로뿐인 건가? 이걸로 괜찮은 건가?

거세등등해서 현실 파악을 못하다가는 위험하거든.

반드시 좋지 않은 일이 일어난다.

모두 뼈아프게 깨달았을 터.

그런데도.

"—아…, 정말."

하루히로는 머리카락을 마구 헝클어뜨린다.

귀찮아졌다.

이것저것 생각해봤자 어떻게 되는 것도 아니다. 모두가 괜찮다면 그걸로 된 건가?

일어서려고 했더니 무슨 소리가 들렸다. 무슨 소리라기보다, 발소리다. 누군가가 걸어온다.

현관 쪽에서부터다.

램프의 불빛을 받아 모습이 보였다. 두 사람. 둘 다 여자아이다. 유메와 시호루는 아니다. 신참 의용병인가?

하루히로 일행 뒤에 새로 견습 의용병이 된 자들이 있다는 것은 알고 있다. 그중에 두세 사람 남성 견습 의용병과는 목욕 시간이 겹쳐서 잠깐 이야기를 했지만 여자와는 아직 얼굴을 마주친 적이 없다.

방으로 돌아가는 편이 좋을까?

하지만 하루히로는 움직이지 않았다. 상대가 여자아이라서? 귀여운 아이인지 하는 정도는 확인해두고 싶었다거나? 운 좋게 아는 사이가 되어서 친해지고 싶다거나. 그런 흑심이 전혀 없다고는 단언할 수 없지만, 틀림없이 있다고 단언할 수도 없다.

그냥, 왠지 그랬다.

하루히로는 거기에 쪼그리고 앉은 채로 있었다. 그녀들 쪽은 쳐다보지 않으려고 했다. 그렇다고 해서 고개를 숙이고 있는 것도 뭔가 너무 일부러 그러는 것 같다. 멍하니 그저 벽을 바라보고 있는 것 같은 모습을 가장했다. 바보 같지 않아? 뭘 하는 거지? 분명, 뭐야? 저 사람? 그렇게 생각했겠지. 두 사람의 발걸음에도 그 점이 나타난다. 명백하게 경계하고 있다.

괜찮습니다, 해는 없으니까요. 하루히로는 마음속으로 그렇게 중얼거렸다. 아무 짓도 안 한다고요. 어서 가. 어서. 신경 쓰지 말고.

그렇다면 여자아이들이 다가오기 전에 그 자리를 떠났으면 좋았을 것이다.

이상하단 말이야. 자기 행동이 의아하다. 이런 일도 있는 건가? 가끔은. 다른 사람들은 어떨지? 있나? 음.

여자아이들이 하루히로 앞을 지나간다.

—그때, 한 사람이 멈춰 섰다.

뭔가.

어라?

날 보는 것… 같은?

하루히로는 고개를 들고 여자아이들 쪽을 보았다. 기분 탓이 아니었다.

단발머리 여자아이가 커다란 눈으로 하루히로를 빤히 바라보고 있다.

당장이라도 쏟아져버릴 것 같은, 정말로 커다란 눈이다.

눈 밑에는 살짝 다크 서클이 있다.

토라진 것 같은 입술이, 보기에도 성격이 까다로울 것 같아 다가가기 힘든 인상을 준다. 그러면서도 한편으로는 묘하게 마음에 걸렸다.

—그보다 이 애, 왜 이렇게 나를 보는 거지…?

"초코?" 라고, 다른 한 명이, 키가 큰 짧은 머리 여자아이가 단발머리 여자아이의 어깨를 잡았다. "왜 그래?"

"어—."

자기도 모르게 목소리를 낸 것은 단발머리 여자아이가 아니다. 하루히로였다.

"…초코?"

초코.

—초코… 라고?

"네?" 라고, 단발머리 여자아이가 고개를 갸웃거린다.

희미하게 빛나는 커다란 상자 같은 물건 앞에 쪼그리고 앉아 있었다.

옆에 누군가가 서 있었다. 단발머리 여자아이다.

—초코.

단발머리 여자아이를 그렇게 불렀다.

…뭐지?

방금 그거.

떠올랐다…? 떠올랐어? 모르겠다. 하지만. 초코.

초코.

그 이름만은 기억하고 있다. 이름만? 아니야. 그렇지 않아.

저 커다란 눈. 약간 다크 서클 같은 게 있다. 토라진 것 같은 입술. 머리 모양. 보브 커트.

그녀를 알고 있어.

"저기, 말이야."

하지만 뭐라고 말하면 되는 거지?

나를 모르냐거나? 안다면 상대방도 그에 합당한 태도를 취하겠지. 서로 아는 사이의 재회라는 분위기가 아니다. 하지만 그녀는 하루히로를 보고 있었다. 모두가 그림갈에 오기 전 일은 잊어버린 상태다. 그녀도 마찬가지로 잊어버렸겠지만, 뭔가 걸리는 것이라도 있다거나. 하루히로처럼. 그렇다면.

짧은 머리 여자아이가 그녀와 하루히로 사이에 끼어들었다. "…여기에 있다는 건 당신도 의용병이지요? 무슨 용건인가요?"

"아니, 용건이라기엔."

"그럼 실례하겠어요."

"아…, 응."

"가자, 초코."

"응."

두 사람은 빠른 걸음으로 걸어갔다.

도중에 그녀가 한 번 돌아보았다.

눈이 마주쳤다.

하지만 그녀는 곧바로 고개를 돌렸다.

별꼴이야. 그렇게 생각했을까?

그렇다면 살짝 충격이다. 살짝이 아니다. 상당히 쇼크인지도 모른다.

"…초코."

중얼거리고, 이걸 들었다면 더욱 기분 나빠하겠지—라고 생각했다.

그 초코인가?

"우연… 이겠지."

3. 못다 꾼 꿈 이야기

"—이이이이이이이이일어어어어어어어나아아아아아아앗!"

"꽥?!"

뭐야?! 무슨 일이 일어났어?! 사건?! 사고?! 천재지변? 인재?

팔꿈치였다.

망할 바보 란타의 팔꿈치가 명치 부근에 작렬한 탓에 하루히로는 화들짝 놀라 일어난 것이다.

"…뭐—뭐 하는 거야? 갑자기?! 까불지 마, 너! 작작 좀 해! 그런 거! 나도 인내심의 한계라는 게 있으니까…!"

"엉—? 왜 화를 내는 거야? 하루히로. 나는 네가 마냥 드르렁 쿨쿨 자빠져 자느라 좀처럼 일어나질 않으니까 부드럽—게 깨워준 것뿐인데?"

"어젯밤에 늦게까지 잠이 안 왔다고! 그게 잘못이야?"

"잘못이니까 말하잖아!"

"뭐가 어떻게 무슨 이유로 잘못인데?!"

"내가 입수한 특급 정보를 모처럼 제일 먼저 전해주려고 했는데, 태평하게 쿨쿨 자고 있는 게 잘못이라고!"

"아, 저기, 란타 군…."

"시끄러워, 모구조! 너는 가만히 있어! 이건 나와 하루히로 문제야! 이 문제를 해결하지 않으면 나도, 하루히로도 앞으로 나아갈 수가 없는 거야! 즉, 남자와 남자의 결판이라는 거다! 어이, 하루히로! 지금이야말로 결판을 내자!"

"…뭘 결판을 내?"

"엉?! 그야 그거 말이지! 그거! 요컨대…, 뭐지?"

"내가 어떻게 알아?"

하루히로는 한숨을 쉬고는 몸을 일으켰다.

2층 침대 윗단은 몸을 움직일 때마다 삐걱거린다.

올려다보니 의용병 숙소의 매일 보는 천장이다.

"—그래서." 하루히로는 못마땅한 듯 란타 쪽으로 얼굴을 향했다. "특급 정보라는 건?"

"그거다!"

란타는 히죽 웃었다.

무지하게 재수 없는 표정이다.

어째서 히죽거린 것만으로도 사람을 그토록 열 받게 만들 수 있는 걸까? 이건 이미 일종의 재능이다.

물론 최악, 최저의 재능이다.

"네가 항상 일어나는 시간에 안 일어나고, 모구조는 네가 일어날 때까지 기다린다고 지껄이니까 나는 완전 열 받아서 혼자 빵집에 갔다 왔다고, 빵집. 알아? 니시초 앞의 싸고 맛있는 빵집 탓탄. 그랬는데 의용병 몇 명이 있더라고. 그 일에 관해서 이야기했단 말이다. 그러니까 그 일이란 게 뭔지 물어보고 싶지? 잠깐 기다려봐. 일에는 순서라거나 차례라거나 단계라는 게 있으니까. 남녀교제 같은 것도 그렇지? 아, 하루히로한테는 아직 이른가? 아직 애니까, 너는. 당연히 동정이겠지. 물론 나는 아니다. 나는 정력 대왕이니까. 통칭 경험자 우대. 알아? 내 화려한 테크닉에 암표범들이 미칠 듯 기뻐한다는 거."

"…우선, 언제까지 네 장황한 수다를 들어야 하는 건지만 가르쳐주지 않겠어?"

"하찮은 농담이 아니야. 내 입에서는 진실밖에 안 나온다고. 결국 팩트라고."

"그래서, 특급 정보란 건?"

"그 전에, 너, 내려와. 너 따위를 올려다보는 형태가 되다니, 불쾌하기 짝이 없다고."

2층 침대라고 해도 그리 높은 것이 아니다. 윗단이라고 해도 바닥에 서 있는 란타의 어깨 정도 높이다. 그래도 윗단에서 몸을 일으키고 있는 하루히로는 란타를 내려다보는 모양새가 되어 기분이 좋다고 할 정도까진 아니어도 나쁘지도 않다.

"싫다."

"한번 죽어볼래? 엉?"

"…일일이 성가시네."

"엉? 지금 뭐라고 지껄였어?"

"말했다, 말했어. 란타는 해충 같다고. 아. 미안. 잘못 말했다. 란타는 해충이라고 말했다."

"이 멍청이가! 나는 해충은커녕 익충이다!"

"벌레인 건 괜찮은 건가?"

"어…?"

쓸데없는 말싸움을 하기도 지겨워져서 하루히로는 윗단에서 내려와 아랫단 나무 테두리에 걸터앉았다.

"그래서? 특급 정보란 건? —아니, 도대체 몇 번을 물어야 대답에 도달할 수 있는 거야…?"

"편하게 가려고 하지 마. 네가 노인이냐!"

"하, 하하하…." 모구조가 웃자 란타는 기쁜 듯이 활짝 웃었다.

"뭘 좀 아네, 모구조. 하루히로와는 달리 너는 말이야, 개그의 맛이라는 걸 알아. 하루히로는 틀렸어. 아무것도 몰라. 유머 센스가 한 조각도 없는 똥 덩어리야!"

하루히로는 점점 탁해지는 마음의 투명도를 높이고자 애썼다.

"그래서? 특급 정보란 건?"

"몇 번을 말하네, 하루히로 군."

"그래서? 특급 정보란 건?"

"오, 또 다그칩니까? 애쓰네요."

"빨리!" 하루히로는 란타에게 덤벼들어 목을 졸랐다. "말해! 이제 좀! 내가 인내하는 동안에!"

"이, 인내하고 있지 않잖아…! 큭, 답답해, 하지 맛, 죽일 생각이냐! 알았어! 말할게! 말할 테니까! 응?! 오더(병단 지령)야! 오더…!"

"오더…?"

하루히로는 모구조와 얼굴을 마주본다.

모구조의 배가 꼬르륵—하고 소리를 냈다. 모구조의 얼굴이 새빨개진다. "아. 미, 미안. 나, 배가 고파서…."

"아니야. 사과할 건 없지. 배가 고픈 건 어쩔 수 없는 일이니까. 자, 마침 여기에 빵이 있으니 먹지그래?"

"그건 내가 사 온 거잖아! 니시초 앞의 싸고 맛있는 빵집 탓탄에서! 내가 사온 빵은 전부 내 거다…!"

란타가 구두쇠 같은 말을 해서 하루히로는 모구조와 함께 아침 식사를 조달하러 가기로 했다. 혼자 남기가 싫었는지 란타는 여봐란 듯이 빵을 우물거리면서 따라와 걸으면서 오더에 관해서 잘난 척하고 뜸을 들이다가 해설을 했다.

말하자면 오더라는 것은 오르타나 변경군 의용병단 레드문이 소속 의용병들에게 하달하는 지령인데, 지령이라고 해도 강제는 아니다. 받아들일지, 말지는 의용병들이 임의로 정할 수 있다. 하지만 그 지령을 적임자가 특별한 이유도 없이 승낙하지 않는 경우에는 의용병 사이에서 비웃음을 당하는 경향이 있다고 한다. 하긴, 할 수 있을 만한 지령이라면 잠자코 받아들여 뚝딱 해치우는 편이 좋다는 거겠지.

물론, 오더를 수락하면 더욱 확실한 메리트도 있다.

돈이다.

오더에는 보수로서 선금과 잔금이 설정되어 오더를 수락한 단계에서 선금을 선불로 받는다. 잔금은 성공 보수다.

그런데 선금만 챙기고 오더에 착수하지 않으면 벌금이 부과되고, 특히 악질적이라고 판단되면 의용병단 사무소에 출두 요구를 받는다. 출두하지 않으면 현상금을 걸어 수배자가 되어버린다고.

참고로 현상 수배자 포획 일도 오더로 취급된다. 범죄자나 악덕 상인이 수배자가 되는 경우도 있는데, 이러한 표적을 사냥하는 것을 즐기는 바운티 헌터(수배자 사냥꾼) 비슷한 의용병도 개중에는 있다고 한다.

오더의 보수는 현금이 아니라 변경군용 수표—군표라고 불리는 얇은 구리 문서, 요컨대 상품권으로 지불된다. 군표는 요로즈 위탁 상회에서 현금화할 수 있고 변경군 및 의용병단과 계약한 상점 등에서는 현금처럼 쓸 수 있다.

하루히로와 모구조는 장인거리 근처에 있는 노점촌에서 소르조라는 면을 먹기로 했다.

노점촌은 이른 아침부터 장인들로 북적였고, 이 시간대라면 북구의 시장보다도 활기가 있다. 소르조는 푹 고은 고기가 들어 있는 짭짤한 국물에 밀가루를 반죽해서 만든 노란 면을 넣은 요리로, 처음엔 그다지 맛있다고 느끼지 않았으나 묘하게 그리워져 이따금씩 먹고 싶어진다. 먹다 보면 또 찾게 되고 희한하게 맛있게 느껴진다.

하루히로와 모구조가 후—후—불면서 면을 후루룩 입에 넣고 있자니 빵을 게걸스럽게 먹던 란타도 더 이상 참을 수가 없었는지 한 그릇 주문했다.

"—이거…! 맛있잖아…! 맛있어, 이거! 소르조 최고…!"

"아무리 맛있어도 너무 오버잖아…. 그리고 콧물 나왔다, 란타."

"그야 콧물도 나올 만하지! 줄줄 나오네! 하루히로! 너는 모르냐? 이 최고의 소르조의 상태를!"

"마, 맛있어, 소르조." 모구조는 그렇게 말하면서 벌써 두 그릇째에 덤벼들고 있다. 아니—.

"…모구조, 혹시 그거 두 그릇—이 아니라, 세 그릇째?"

"으, 응. 왠지 잘 들어가니까 가속도가 붙는다고나 할까…."

"쿠하하하하! 제법인데, 모구조! 역시 내 라이벌! 하지만…! 나도 간다! 추격의 두 그릇째! 주인장! 추가 주시오…!"

"네엡!"

"괜찮긴 한데…."

하루히로는 천천히 나무 포크로 면을 떠서 입으로 가져갔다. 확실히 맛있기는 맛있다. 하지만 아침이다. 아침부터 그렇게 많이 먹을 수는 없다. 위가 더부룩해진다고.

“하지만 말이야, 모구조. 이거 맛있지만, 그거 아니야? 우리도 만들려고 마음만 먹으면 만들 수 있지 않나? 안 그래?”

“어…, 아, 응, 그… 그건 어떨… 지…? 국물 같은 건 좀….”

“아니야, 할 수 있어. 이런 건 그거잖아. 냄비에 식재료를 대충 다 쏟아붓고. 끓이면 느낌 좋은 맛으로 완성되잖아, 분명.”

“글쎄…, 그렇게 간단한 게 아니라고 생각… 하는데?”

“그런가? 잘될 것 같은데. 뭐가 들어갔지? 이 국물.”

“어디, 아마도 닭 뼈나…, 돼지 비계도 들어갔나? 그리고 야채…, 양파랑 당근도 들어갔네.”

“오? 잘도 아네, 모구조. 나는 전혀 모르겠는데?”

“…그러면서 잘도 만들 수 있다고 하네” 라고 하루히로는 가볍게 지적을 해봤지만 생각했던 대로 무시당했다. 상관없지만, 별로.

모구조는 그릇에 입을 대고 국물을 마시고는 미간을 찌푸린다.
“…응. 마늘하고, 그리고 생강을 추가하면 좀 더… 감칠맛이 날지도.”

“오오? 오오오?! 모구조, 너, 만들 수 있는 거 아니야? 웬만큼 벌면 나랑 둘이서 소르조 가게라도 차릴래?!”

“아, 하하하…, 하지만 우리는 의용병이잖아….”

“바보! 너, 그런 건 신경 쓰지 마! 돈만 벌면 일은 뭐든지 괜찮은 거야. 어차피 평생을 피비린내 나는 세계에서 먹고살 수는 없잖아. 언젠가는 은퇴해서 세컨드 캐리어를 쌓아야 하니까. 알아? 세컨드 캐리어. 제2의, 그거야. 뭐지? 그러니까, 제2의… 캐리어야.”

"방금 한 말 그대로잖아."

"시끄러워, 하루히로. 시끄럽다고. 진짜로. 진짜. 너는 꺼져! 나는 지금 모구조와 중요한 이야기를 하고 있으니까! 그래서, 어때? 모구조. 나랑 안 할래? 소르조 숍 란타 &모구조. 수입은 내가 7이고 모구조가 3… 이라고 말하고 싶지만, 반씩으로 해도 좋아. 지금부터 연구해서 그때에 대비하는 거야. 어때? 응?"

"가게… 라." 모구조는 그리 싫지 않은 듯한 표정을 했다. "괜찮을지도. 그런 것도. 싸우는 것보다는…, 뭐랄까, 즐거울 것 같고. 생각해볼게."

"오오! 생각해봐! 엄청 긍정적이네! 마구 번다! 무지하게 벌어들인다! 체인점도 내고! 우선 오르타나 내에 10점포! 목표는 그림갈 전역에 1,700점포다! 나와 너라면 할 수 있어! 뭐, 훗날의 이야기지만!" 란타는 소르조 국물을 면과 함께 후루룩 입안으로 쏟아붓고 푸핫—하고 냄새 날 것 같은 숨을 뱉어냈다. "—그런데! 드디어 이번 오더에 관해서 내가 말해주려고 하는데 말이야! 마음의 준비는 됐냐? 된 거야? 된 거지? 이제 와서 안 된다고 하지 마."

"이제 본격적으로 짜증 나니까, 어서 말해…."

"하—루히로—! 사람한테 짜증 난다니—네가 훨씬 백 배! 아니! 천 배, 만 배, 아니, 아니, 5억 배는 짜증 나! 그 점을 자각해, 짜샤…!"

"네에, 네."

"네는 백 번!"

"네—그게 아니라, 한 번이 아니라 백 번이냐? 너무 많아!"

"나를 얕보지 마! 그럴 때 근사하게 예측을 뒤엎는 게 바로 나!

란타 님이다!"

"…모구조까지 웃네."

"미, 미안. 왠지, 방금 그건 재미있었으니까…."

"모구조오오옷! 방금 그건이란 무슨 뜻이냐? 나는 방금 전뿐만이 아니라 언제나! 올웨이즈 재미있다! 방랑의 재미 킹 란타맨이 바로 나다! 백 명에 한 명 나올까 말까 한다는 내 재미 센스를 의심하는 듯한 언동은 아무리 미래의 비즈니스 파트너라도 용서 못해!"

"백 명에 한 명이라니, 그리 대단하지 않은 것 같은 느낌이 드는데."

"하—루히로 군?"

"…뭐야? 그 호칭. 좀 기분 나쁜데."

"나는 백만 명에 한 명이라고 말하려고 했는데 그만 백 명에 한 명이라고 잘못 말한 것뿐이랍니다! 알겠습니까?"

"그럼 그런 걸로 치고, 오더 이야기를 하라고. 전혀 진전이 안 되잖아."

"네 탓이잖아!"

"적반하장이네…."

"적반하장의 반대다!"

"알았으니까 말하라고! 도대체 뭐야? 이번 오더라는 게!"

"음하하하하핫! 듣고 놀라지 마라!" 란타는 갑자기 일어서서 두 팔을 꿈틀거리며 오른손과 왼손으로 각각—뱀? 인지 뭔지 모양을 만들어 보였다. "—이거다…!"

"아니…, 그거로는 모르겠다."

"쌍두 뱀이닷!" 란타는 오른손의 뱀을 왼손의 뱀을 향해 인사를 시켰다. "데드 헤드 감시 보루 및 리버사이드 철골 요새 탈취 작전, 암호명 '쌍두 뱀'! 이 작전에 참가하는 게 바로, 뭘 숨기랴, 이번 오더인 것이다! 뭐 리버사이드 측은 이미 마감했다고나 할까, 그쪽은 상급자 대상 같으니까 우리가 낀다면 데드 헤드 쪽이 되는 거지만. 보수는 선금이 20실버고 잔금이 80실버, 합쳐서 1골드! 금화 하나! 한 사람당이라고! 굉장하지!"

모구조가 눈을 크게 뜨고 "오오…" 하고 감탄의 소리를 흘린다.

"금화 한 개…."

하루히로도 그것은 크다고 생각했다. 동시에, 소중한 동료를 잃은 뒤에 렌지가 『조의금이다. 챙겨둬』 라고 말하며 던져준 것이 금화 한 닢이었던 것을 떠올리고, 렌지는 부자구나—하고 쓸데없는 생각을 하기도 했다.

"데드 헤드란 건 말이지." 란타는 의자에 앉아 탁자의 한 점을 "여기다" 라고 가리켰다. "아니…, 여기인가? 이쯤인가? 이 근처일지도?"

"어디든 상관없지 않아?"

"하긴. 어쨌든. 오르타나 북쪽 6킬로미터 정도에 있는 오크의 보루다. 6킬로미터면 나름대로 가깝지. 아니, 상당히 가까워. 당연히 우리 변경군은 지금까지 몇 번이나 이 보루를 공격해서 함락시킨 적도 있다 이거야. 그런데 오래는 유지할 수 없었어. 어째서인 줄 알아?"

"음…." 모구조는 팔짱을 끼고 고개를 갸웃거렸다. "…끈기가 없으니까…? 그건 아니겠지…."

"당연하지! 아냐, 아니야! 정답은 이쪽에 있다—." 란타는 탁자 모서리 부근을 가리켰다. "리버사이드 철골 요새다. 이 요새는 말이지, 데드 헤드에서부터 40킬로미터 정도 서쪽, 제트리버(분류대하) 기슭에 있는데 그 강을 상류로 거슬러 올라가면 구 나난카 왕국령에 돌입한다고 해. 알아? 모르겠지. 구 나난카 왕국령. 오크라고, 오크. 지금은 거기에 오크들의 나라가 있단 말이다. 그러니까 배로 오가고 물자나 병대 같은 것도 운반할 수 있다는 거야. 데드 헤드는 작은 보루지만 변경군에게 공격당하면 봉화인지 뭔지를 올린다, 그러면 곧바로 리버사이드에서 원군이 나온다는 거지."

하루히로는 눈썹을 찡그렸다. "하지만 40킬로미터나 떨어져 있잖아."

"오크의 군대에는 용기병이라는 게 있대." 란타는 뭔가 이상한 포즈를 했다. 동물을 표현하려는 건가? 문어? 아니었다. "용기병이라고 해도 용이 아니라 커다란 도마뱀을 타는 모양이지만. 그 도마뱀이 마룡이래. 이 녀석이 또 무지하게 빨라서, 리버사이드에서 데드 헤드까지 최고 속도 1시간이면 달려오는 모양이야."

"아." 모구조가 오른쪽 주먹으로 왼쪽 손바닥을 두드렸다. "그러니까, 동시에?"

"과연 내 비즈니스 파트너." 란타는 손가락을 딱 소리 나게 튀기려고 했지만 소리가 나지 않아서 몇 번이나 시도했으나 역시 소리는 나지 않았다. 마침내 단념한 모양이다. "젠장…. 망할 건성 피부."

하루히로는 한숨을 내쉬었다. "피부 탓으로 돌리지 마…."

"내가 내 피부를 탓하는 것까지 잔소리하지 마! 네가 시누이냐!"

"그래서—뭐였지?"

"내 말 무시하냐! 배짱 좋은데, 어이!"

"리버사이드 철골 요새와 데드 헤드 감시 보루를 같이 공격한다… 고? 뭔가 거의 전쟁 같지 않아?"

"…칫. 끝까지 무시하고 있네. 그보다 하루히로, 너 몰라? 우리 인간족은 오크니 언데드 족(불사족)이니 그쪽이랑은 계속 전쟁 상태라고."

"아, 그건 왠지 모르게 알았지만. 하지만 본격적으로 하는 느낌은 아니잖아."

"계기만 있다면 화르륵 타오를 거야. 얼마 전에 오크 놈들이 오르타나에 쳐들어왔잖아."

"아…, 이슈 도그란? 이던가? 렌지가 쓰러뜨린 녀석."

"그거야. 그 보복으로 시작된 이야기인 모양이야, 원래는. 그런데 어차피 할 거면 골탕을 먹이는 정도가 아니라 화끈하게 보루를 빼앗아버릴까—그런 식이 된 거지. 지금까지도 그렇게 해서 몇 번인가 데드 헤드를 함락시킨 적은 있었고, 그때마다 곧바로 도로 빼앗겨버렸지만. 리버사이드 때문에. 이제 같은 전철은 밟지 않는다 이거지."

란타는 변경군도 학습했군, 와하하하—라고 마치 위에서 내려다보는 시점으로 말하며 웃고 있지만 들으면 들을수록 이건 전쟁이다.

"…위험하지 않나? 그거. 그보다 의용병만으로 공격… 하는 건 아니겠지?"

"당연히 변경군과 합동이라고나 할까, 어디까지나 변경군이 주도적이고 의용병단은 서포트하는 형태가 되는 게 당연하지. 생각

좀 해봐라. 바보냐? 마냥 졸린 눈 하고 있지 말라고, 하루히리온."

"눈 이야기는 하지 마. 등 뒤에서 찌른다. 그리고 하루히리온이라고 부르는 것도 하지 마."

"농담이 안 통하는 하루히론이네."

"야…."

"아, 저기." 모구조가 끼어들었다. "며, 몇 명 정도, 그거 하는 거야…? 인원수라고나 할까."

"인원수?" 란타는 검지로 턱을 매만졌다. "어디, 데드 헤드 쪽은 변경군이 500명인지 600명인지 그랬으니까. 의용병은 100이던가 150이던가? 리버사이드는 투박한 요새라고 하니까 꽤 격전이 되지 않을까? 그쪽에는 소우마의 새벽 연대랑 '붉은 악마(레드 데빌)' 다키의 흉전사대(버서커스), '타이맨', 맥스의 철권대(아이언 너클), 그리고 시노하라 씨의 오리온 등도 참가한다는 이야기야. 분명히 말해서 위험해. 실력에 자신이 있는 녀석이 아니면 죽는다, 거치적거리니까 오지 마—그런 느낌 같아."

왜 란타가 여유를 부리고 있는 건지 알 것 같다.

란타는 분명 리버사이드 철골 요새 공략은 힘들지만 데드 헤드 감시 보루 쪽은 쉽게 함락시킬 수 있을 거라고 만만히 보고 있는 것이다. 아니, 분명 공격을 시작하자마자 승부가 날 것이라고 생각하고 있다.

"그렇게 된 거야." 란타는 두 손의 뱀 입을 뻐끔뻐끔 벌렸다. "금화 한 개! 해야지, 이건! 결정! 이지! 어서 신청하고 오자고! 기한까지 아직 3일 남아 있지만, 좋은 일은 서두르라는 속담? 격언인가? 뭐, 뭐든 상관없나. 그런 것도 있으니까, 뭣하면 지금 당장 사무소에 가서—."

"그, 그건 안 돼." 하루히로보다도 먼저 모구조가 말려주었다. "…모, 모두의 의견을, 듣고 나서 정해야지…."

"무어어어? 상관없잖아, 그런 거. 합니다, 네, 가겠습니다—그렇게 흘러갈 거라니까. 눈치를 못 챈다고, 그 여자들은 절대로!"

"그럴 리는 없지…." 하루히로는 머리를 긁적였다. "하긴 오늘 밤에라도 우선 말해보고, 그리고 정하자. 아직 시간은 있으니까, 괜찮지?"

란타는 코에서 콧김을 내뿜는다. "어쩔 수 없네."

다음에는 주먹으로 때려줘야지. 하루히로는 그렇게 마음속으로 결심했다.

4. 휩쓸리지 마

사이린 광산에서 일을 마친 뒤 시장에서 전리품 매각이며 저녁 식사며 다 마친 후에 다 함께 셰리의 주점으로 갔다.

“나는 당연히 남자답게 맥주다!”

“그럼 나, 나도.”

“나는 미드로.”

“아, 나도.”

“유메는 레모네이드로 할까. 그거 짜릿짜릿하고 맛있어.”

“나도… 그걸로.”

잠시 후 음료가 나왔다. 란타가 멋대로 건배를 주도한다.

“좋았어, 됐지?! 전원 다 있지?! 수고했어! 건배…!”

“수, 수고했어욧.”

“수고.”

“수고했어.”

“수고했숑—.”

“수고했어….”

란타와 모구조는 맥주를 벌컥벌컥 들이켰다. 모구조는 그저 단순히 갈증이 났던 터라 단숨에 들이켠 것뿐이지만 란타는 모구조에게 지지 않으려는 것 같다. 살짝 시고 달콤한 꿀술을 홀짝거리는 하루히로는 전혀 이해할 수가 없다. 도대체 뭐야? 그 경쟁심은.

“—음푸하아아…! 이겼… 다…!” 란타는 다 비운 도기 조끼를 기운차게 탁자에 내려놓았다. 깨지면 어떻게 할 건지? “모구조! 어떠냐? 내가 이겼다! 와하하하하하하하하하하…!”

"아…, 응." 모구조는 전부 다는 못 비우고 조끼를 내려놓았다.
"대, 대단하네, 란타 군. 한 번에 다 비우다니."

"그렇지? 나 대단하지? 잘 아네, 모구조. 역시 내 미래의 비즈니스 파트너."

유메가 눈을 깜빡거리며 물었다. "피치피치 파트너?"

"비즈니스 파트너야…." 하루히로는 일단 정정해주었다. "그보다, 도대체 어떤 파트너야? 피치피치(주1) 파트너는…."

갑자기 시호루가 "크흥" 하고 이상한 목소리? 라고나 할까 이상한 소리를 냈다. 쳐다보니 시호루는 두 손으로 입을 막고서 고개를 숙이고 있다. 얼굴이 좀 빨간 것 같다.

"왜 그래? 시호루."

"아… 아무것도…. 별로, 아무것도 아니니까…."

"보아하니—." 란타가 그야말로 재수 없는 히죽 얼굴을 선보였다. "시호루. 너, 이상한 거 상상했지?"

"이… 이상한 거라니…?"

"거기까지는 모르지. 나는 너처럼 망상 엔진은 탑재하지 않았으니까."

"그, 그런 엔진 같은 거…."

"너만큼 엄청난 망상 에너지는 나한테서는 솟구치지 않거든?"

"나도 솟구치지 않는걸…!"

"트집도 정도껏 잡아, 란타!" 유메는 옆에 있는 시호루를 감싸 안는다. "시호루는 그런 망한 에머지인지, 뭔지, 그런 말도 안 되는 건 안 갖고 있다고!"

메리가 "…여러 부분에서 틀렸는데" 라고 작은 목소리로 중얼거

주1) 피치피치: 일본어로 팔팔한, 팔딱팔딱.

렸다.

"뭐엇?! 유메가 또 틀린 거야?!"

란타가 비웃었다. "이것도, 저것도 다 지나치게 틀렸다고, 너는! 듣고 있으면 나까지 머리가 이상해질 것 같다. 너 잠깐 동안 말하지 마! 입 다물고 있어!"

"싫어!"

"너에게 거부권은 없어!"

"유메한테도 의견 정도는 있다고!"

"누가 의견 이야기 같은 걸 했냐고!"

"란타가 했잖아!"

"나는 거부권이라고 했다! 거 · 부 · 권! 알아?! 더 · 거부권!"

"그 정도는 나도 안다고!"

"알고 모르고 그 이전에, 일일이 잘못 듣잖아! 네 귀엔 구멍이라도 뚫렸냐?!"

"란타." 하루히로는 자기 귓구멍에 손가락을 넣었다. "뚫렸다, 뚫려 있어. 귀에 구멍은. 누구나 뚫려 있어. 아니면 안 보이나? 네 눈은 눈깔구멍이냐?"

"엉…?" 란타는 자기 실수를 깨달은 모양이지만 그 정도로 태도를 바꿀 리도 없다. 약을 올리려는 것처럼 어깻짓을 해 보인다. "—또 시작이다. 이거 말이야, 이거. 우리 파티의 리더님은 이러니까 문제야. 사소한 실수를 들춰내려고 한다니까! 게다가 그 들춰내는 방식이 악랄하기 짝이 없어! 성격이 너무 나빠!"

"너한테서만은 듣고 싶지 않다…."

"듣고 싶지 않으면 안 듣도록 하지그래? 좀 자제하거나? 응?"

"어이…, 모구조. 있지, 진짜로 충고하는데, 이 똥 덩어리랑 장래 같이 가게를 연다거나 그런 건 절대 하지 않는 게 좋아. 성공할 리가 없어."

모구조는 난처한 것처럼 "하하하…" 하고 웃으며 얼버무렸다.

"가게라니?" 메리가 살짝 고개를 갸웃거린다.

"아—." 하루히로는 노점촌에서 있었던 일을 대충 설명했다. "그래서… 돈을 모아서 의용병 은퇴하면 소르조 가게를 차린다나 뭐라나, 란타가 모구조한테 그런 이야기를 꺼냈어."

"호—." 유메가 툭 던지듯 중얼거렸다. "소르조라는 건 그 라면 같은 거 말이야?"

"라면…." 하루히로는 한순간 짭짤한 맛이 입안에 퍼지는 것을 느꼈다.

란타가 팔짱을 꼈다. "…라면."

"라면…." 시호루는 자기 입술을 만지고 있다.

모구조는 탁자 위로 몸을 내밀었다. "…라면."

"라면—이…." 메리는 왠지 분한 것처럼 얼굴을 찡그렸다. "뭐였더라?"

"엥?" 유메는 어리둥절한 표정을 했다. "라면, 은… 저기…, 어라? 이상하네. 유메 말이지, 뭐랄까, 그런 게 어딘가에… 있었…나? 그런 건가? 뭐였더라? 어라? 유메네 무슨 이야기 하고 있었지?"

하루히로는 머리를 긁적였다. "…무슨 이야기였더라?"

"라면이야." 모구조치고는 상당히 강한 말투였다. "라면 이야기를 하고 있었어. 우리들…, 아마도 라면을 알고 있어. 그래. 소르조는 라면과 비슷한 거야. 처음에 먹었을 때 뭔가와 비슷하다고 생각했어. 라면이었던 거야. 그때에는 떠오르지 않았어. 어째서지? 나, 라면 엄청 좋아했는데. 란타 군."

"응? 어…?"

"언젠가는 하자. 가게."

"응?"

"하지만 나, 소르조가 아니라 라면 가게로 하고 싶어. 돈을 모으고, 연구하고, 이거다 싶은 맛이 나는 라면이 완성되면 차리자, 가게."

"가게…."

란타는 헤벌쭉 웃고는 모구조의 어깨를 꽉 움켜잡았다. 란타인데도 재수 없지 않은 웃는 얼굴이었다.

"그래! 너는 조리와 자금 담당이야! 나머지는 전부 나한테 맡겨! 반드시 대성공으로 이끌어줄게!"

"응!"

"…조리는 괜찮지만 자금도 담당하다니…." 너는 돈을 안 낼 거냐고 하루히로가 끼어드는 것도 내키지 않을 정도로 모구조는 의욕이 충만한 모양이다. 충고 같은 건 언제든지 할 수 있으니 꼭 지금 찬물을 끼얹을 필요는 없겠지.

어쨌든 먼 훗날의 이야기이고. 아마도 아득할 정도로 훗날 일일 것이다.

내년 일을 말하면 귀신이 웃는다는 말이 떠올랐으나, 그렇다고 그만두라는 무신경한 말을 할 생각은 없다. 그건 그거대로 괜찮지 않나 하고 하루히로는 생각했다.

솔직히 조금 부럽기도 했다.

하루히로는 내일이나 고작해야 3일 후 정도밖에 생각하지 않는다. 생각하고 싶어도 생각할 수가 없다.

그 아슬아슬하게 생각할 수 있는 한계인 3일 이내에 결단을 내려야 하는 일이 일단 있다.

"그런데 말이야, 전원 다 있으니 의논하고 싶은 일이 있는데—."

하루히로가 단도직입적으로 오더의 개요를 설명하자,

"당근! 콜!" 란타가 의자 위에 올라갈 기세로 주먹을 치켜들었다. "하는 것밖에 없지! 말할 필요도 없잖아! 금화 한 개! 골드 임무! 안 할 수는 없다고! 안 하면 어쩌려고…!"

"으응…." 시호루는 고개를 숙이고 분명히 내키지 않는 기색이다. 그렇겠지. 시호루니까.

메리는 어떻게 생각할까? 눈을 내리깔고 턱에 손가락을 대고 생각에 잠긴 것으로 보이는데, 우선 찬성도, 반대도 하지 않는다. 다른 사람들 의견에 맞춘다는 건가? 다른 이들을 배려하는 건지도 모른다.

거기까지는 하루히로의 예상대로였다.

"유메는 있지." 유메는 볼이 아주 살짝 튀어나와 비스듬히 위쪽으로 시선을 향했다. "어느 쪽이든 상관없는 것 같아."

"아…, 그렇구나?"

"엥? 왜?"

"아니야, 별로, 아무것도."

란타가 하고 싶다면 유메는 반대하겠지. 그것이 평소의 패턴인데, 이번에는 아닌 모양이다. 어째서? 오히려 내가 묻고 싶을 정도지만 그런 걸 물어봐서 유메와 란타의 대립을 부추기는 것도 바보 같다고나 할까, 파티의 리더로서는 좀 문제인 것 같기도 하다. 란타는 구제불능인 녀석이지만 그래도 동료니까 풍파가 일어나지 않는다면 더 바랄 것도 없다.

하지만, 잠깐만?

그렇다면, 하루히로는 반대, 란타가 찬성, 시호루는 소극적 반대? 메리는 중립, 유메도 중립…?

“나는.”

모구조는 평소 같지 않게 심각한 얼굴을 하고 있다.

살짝 불길한 예감이 들었다. 적중했다.

“해보고 싶… 은 것 같아….”

“모구조오오옷!” 란타가 모구조를 향해서 주먹을 내밀었다. “웨이—!”

“웨, 웨이…?”

“이리 와! 웨이라고! 웨이!”

“웨… 웨이?”

모구조가 머뭇거리며 자기 주먹을 란타의 주먹에 대자 란타가 “웨이” 라고 말하면서 주먹을 가볍게 쳐내고 “웨이” 라며 팔에 자기 팔을, 그리고 팔꿈치와 팔꿈치를 “웨이” 라며 맞부딪치고, 마지막으로는 팔짱을 꼭 낀다.

“왓하하하하! 진짜로! 진짜로! 역시 미래의 비즈니스 파트너야! 같은 전위이기도 하고! 파트너라고 해도 과언이 아니야! 호흡이 딱 맞잖아, 모구조! 그렇게 생각 안 해?! 생각하지?!”

“앗, 엇, 응. 그, 그러네. 하하하….”

“좋아좋아좋아좋아! 어이, 하루히로!”

“엉? 뭐, 뭐야?”

“다수결이다.” 란타는 모구조의 어깨에 팔을 두르고 입맛을 다셨다. 먹잇감을 노리는 육식 동물 같은 눈길을 하고 있다. “하자고, 투표라는 거.”

“아니….”

잠깐, 잠깐, 잠깐.

잠깐만.

안 된다. 위험해. 이런 상황은 좋지 않다니까.

모구조가 찬성이라면 란타와 합치면 찬성표가 둘, 반대표는 하루히로와, 아마도 시호루로 분명 둘, 메리와 유메의 두 표는 불명이다.

여차하면 유메는 우리 편에 붙어줄 것 같은 느낌도 든다.

단, 확실한가 하면—글쎄.

모구조가 란타 쪽으로 붙은 탓에 자신이 없다.

“아—.”

하루히로는 거기까지 말하고 나서 메리와 유메의 표정을 살폈다.

어디.

어느 쪽이야? 두 사람은 찬성? 반대?

모르겠다.

“내일 하자.”

“뭐어어어어어어어…?!” 란타는 눈을 까뒤집었다. “뭐어어어어얼 내일 해? 이 바보! 오늘 할 수 있는 일을 내일로 미루는 게 아니야! 게으름뱅이냐? 넌!"

"괜찮잖아…, 서두르지 않아도. 기한까지 아직 시간이 있으니까. 하루 동안 천천히 생각하고 나서 결정해도 늦지 않아."

"나는 그걸로 좋다고 생각해." 메리가 손을 들어 응원해주었다. 마치 여신 같다. 반짝반짝 빛나 보인다. 늘 그랬던가?

"그래." 유메는 탁자 위에 털푸덕 엎어졌다. 알코올이 들어 있지 않은 레모네이드밖에 안 마셨는데 마치 취한 것 같다. "유메도 메리랑 동감. 그걸로 된 거 아닌 겨?"

"으… 응." 시호루는 끄덕였다. "그걸로… 좋다고 생각해. 나도."

모구조도 이의는 없는 것 같다. "그래. 괜찮아. 서두르지 않아도."

"너, 희, 드으으을…!"

란타는 납득이 안 되는 것 같았으나 내가 알 바 아니다. 아무튼 이 자리는 간신히 빠져나갈 수 있을 것 같다.

하루히로는 살며시 안도의 한숨을 쉬고는 주변을 둘러보았다.

셰리의 주점은 다른 때와 마찬가지로 손님이 있었다. 즉, 다수의 의용병으로 붐비고 있다.

이중에도 이미 오더를 수락하고 '쌍두 뱀' 작전에 참가하는 자가 많이 있을 것이다. 정보를 모아보는 편이 좋을지도 모르겠다.

"고역이지만… 그런 거."

솔직히 모르는 사람과는 별로 이야기하고 싶지 않다.

—이런 말이나 할 때가 아니라는 건 알고 있지만.

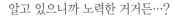

알고 있으니까 노력한 거거든…?

나름대로이긴 해도.

몇 마디 나눈 적 있는 선배 의용병들에게 말을 걸어 이야기를 들어보기도 해봤다.

인격자인 시노하라가 이끄는 클랜 오리온 사람들이 셰리의 주점에 오지 않은 것이 아쉽다고 하면 좀 아쉬웠… 나?

시노하라는 물론이고 오리온의 멤버는 대개 예의 바르고 친절하다. 이쪽이 예의를 갖춰 정중하게 물어보면 알고 있는 건 가르쳐줄 것이다.

하긴 시노하라 일행 이외에 하루히로가 비교적 마음 편하게 뭐든지 말할 수 있는 건 동기인 주제에 유난히 나대고 인맥이 넓은 킷카와 정도인가?

하지만 결국 오늘은 없었다. 킷카와와는 자주 셰리의 주점에서 마주치는데. 어딘가에 갔나? 보기엔 그래도 킷카와는 토키무네라는 선배 의용병 파티에 들어가서 하루히로 일행보다도 훨씬 앞서가고 있다. 그러고 보니 무슨 말을 했는데. 분명히 지금은 원더홀인가 하는 곳이 주된 사냥터라고. 카자하야 황야 어딘가에 있다고 했던가? 원더홀이라.

하루히로는 의용병 숙사 1층 복도에서 벽에 등을 기대고서 쪼그리고 앉아 있었다.

란타도, 모구조도 방에서 숙면을 취하고 있다. 술이 들어간 때문이기도 하지만 둘 다 상당히 코를 골았다. 그 때문에 잠을 잘 수가 없어서—라는 것은 몇 가지나 되는 이유 중 하나에 불과한지도 몰라.

오더를 수락한 선배 의용병 몇 명과 이야기해본 느낌으로는 모두 데드 헤드 감시 보루 공략에 관해서는 낙관적으로 보고 있었다.

어째서인지 물어보니 요컨대 데드 헤드는 과거에 몇 번이나 함락한 적이 있으니까 그렇다고 한다.

그 보루는 함락할 마음만 먹으면 언제든지 함락할 수 있다. 단, 리버사이드 철골 요새에서 오는 원군이 골치 아파서 평소엔 손을 대지 않는 것이다. 내버려두어도 오크들이 오르타나까지 공격해 올 일은 우선 없다. 예의 이슈 도그란 사건 같은 일이 또 일어난다고 해도 성채 도시 오르타나가 흔들리지는 않는 것이다. 만에 하나 오크의 대군이 공격해 온다고 해도 문을 굳게 닫고 성 안에만 틀어박히면 된다. 물자는 있다. 아라바키아 왕국 본토의 지원도 바랄 수 있다. 오크도 그걸 알고 있으니까 작정하고 오르타나에 군대를 보내지는 않는다. 데드 헤드는 어디까지나 감시 보루로, 우리는 인간족을 감시하고 있다는 오크들의 퍼포먼스다. 대병력을 배치한 것도 아니니 우르르 덤벼들면 간단히 함락한다.

이상이 일반적인 인식으로, 데드 헤드 공략의 성공 여부에 관해서 걱정하는 의용병은 우선 없는 것 같다.

지금까지 그랬던 것처럼 데드 헤드에서는 이기는 것이 당연.

단, 리버사이드 쪽은 제대로 공격한 적이 한 번도 없어서 해보지 않으면 모른다.

기대는 하는 것 같다.

그야 변경군은 상당한 병력을 리버사이드 공략에 투입하는 것 같고, 의용병단에서도 그 유명한 소우마가 이끄는 새벽 연대를 비롯해서 유력한 클랜이 다수 참가한다.

할 수 있지 않을까?

대부분의 의용병이 그렇게 생각하는 듯, 비관적인 목소리는 들리지 않았다.

—이건 해도 되는… 건지도?

그야 1골드다. 금화 한 개. 은화라면 백 개다.

최근 하루히로 일행은 사이린 광산에 다니고 있다. 하루의 벌이는 최고 한 명당 30실버를 넘은 적도 있었다. 하지만 대부분은 10실버가 될까 말까 하는 정도다. 포맨 등 엘더코볼트의 탤리스먼이 하나에 적어도 5실버 정도에 팔리기 때문에 꽤 안정되긴 했다. 단, 그만큼 씀씀이가 커지게 되었다. 다들 분명히 예전보다 좋은 것을 먹으며 지낸다. 술도 마신다. 이것저것 산다.

놀랍게도 이번 오더의 보수는 선금과 잔금을 합쳐 1골드인데 작전 행동 중에 하루가 지날 때마다 30실버씩 수당이 나온다고 한다.

그렇다면 아마도 상층부는 하루 만에 일을 끝낼 생각인 거겠지.

하루에 1골드.

이건 크다. 정말로 크다.

상당히 매력적이다.

아무래도 이길 싸움인 것 같고 금액은 너무나 매력적인데도, 어째서 하루히로는 이렇게도 주저하는 걸까?

셰리의 주점을 나와서 메리와 의논할까도 생각했다. 항상 그렇지는 않지만, 메리는 술집을 나오면 모두와 헤어지고 나서 다시 들어가 혼자서 한 잔 더 마시는 습관이 있는 것 같다. 기회는 분명 있었다. 하지만 하루히로는 그렇게 하지 않았다. 어째서인가?

술집에서—아니, 그것만이 아니다—언제부터인지는 모르지만, 어쩌면 요즘 언제나 하루히로는 벽 같은 것을 느끼고 있다.

그것은 하루히로와 동료들과의 사이를 가로막고 있다.

하루히로와 동료들 사이는 그 벽 같은 것으로 가로막힌 것이다.

분명 기분 탓이라고나 할까, 지나친 생각이겠지.

하루히로 혼자만이 이쪽에 있고 모두는 저쪽에 있다는 그런 건.

하지만 괴리감이 있다.

그것은 사실이다.

동료들은 자신감이 붙었다. 실제로 힘을 길렀다고 하루히로도 생각한다. 사이린 광산 3층 정도라면 그런대로 낙승이고, 죽음의 반점을 경계할 필요가 없어진 때문도 있지만, 질 것 같은 느낌이 들지 않는다. 지금의 하루히로 일행이라면 코볼트 일곱 마리, 아니, 여덟 마리라도 어떻게든 해치우겠지. 엘더가 몇 마리 있냐에 따라서도 달라지지만. 하지만 뭐, 보통은 엘더 한 마리당 그냥 코볼트가 둘이나 셋 정도의 비율이다. 예를 들어 엘더 세 마리와 그냥 코볼트 다섯 마리라면, 해치우지 못할 건 없다. 그런 위험을 무릅쓰고 싶지는 않지만. —그거다.

가능하면 위험을 무릅쓰고 싶지 않다.

안전제일.

리더로서 그 점은 염두에 두고 있다.

피해가 생기게 만들고 싶지 않으니까. 피해는 최소한으로 억제하고 싶다. 가능하면 제로. 아니, 제로가 좋다. 어쨌든 제로로 하고 싶다.

무서운 거다. 겁이 난다고. 다른 이들은 여유 있어 보이지만, 나는 그렇지도 않다. 질 것 같지도 않은데도 움찔거리고 있다. 할 수 있다고만 생각하다가 당하는 것 아닐까? 조만간 뭔가 이상한 일이 일어날지도 모른다. 누군가가 황당한 실수를 저지를지도. 있을 수 없는 일이라고는 단언할 수 없겠지.

"—뭔가…."

하루히로는 머리를 감싸 쥐었다.

뭔가 그거다.

믿지 않아…?

동료를.

게다가 심지어 자기 자신을.

괜찮은 건가? 이런 녀석이 리더라도 정말로 괜찮은 건가? 하루히로 따위가 리더를 맡는 그런 파티가 앞으로도 잘해나갈 수 있을까?

그거야말로 지나친 생각 아닌가?

별로 뭔가 실패한 것도 아니다.

단지 실패할 것 같아서 두려운 것뿐이지.

그 실패 때문에 만약—동료가 다친다면.

죽거나 하면.

그 녀석들, 전혀 그런 일은 생각하지 않는 건가? 그렇다면 신중하지 못한 거 아니야? 너무나 태평하잖아.

결국 리더가 아니기 때문이겠지.

책임을 지지 않아도 되는 입장이니까 마음 편할 수 있는 거야.

"아…."

귀찮아졌다.

겨우 이 정도 일에.

아무러면 어때? 깊게 생각할 건 없다. 오더에 관해서도 다수결로 정해서 다들 하겠다고 하면, 하면 되고. 어쩔 수 없잖아.

"아니야, 아냐…."

하루히로는 머리를 감싸 쥔 채로 흔들었다. 안 되잖아. 그런 거, 될 대로 되라는 식은.

"끄아아아—."

신음하고 있노라니 발소리가 들렸지만, 그 소리는 금방 멈췄다. 이상한 소리를 냈기 때문에 위험한 사람이라고 생각했는지도 모른다.

복도 저편에 단발머리 여자아이가 약간 안짱다리 자세로 서 있다.

"아." 하루히로는 머리를 감싸 쥐고 있던 두 손을 내렸다. "—그게…."

여자아이는 걷기 시작했다.

머뭇머뭇이라고 할 정도로 신중한 발걸음은 아니지만 천천히 다가온다.

그대로 앞을 지나치겠지. 그야 그렇지. 당연하잖아. 애초에 왜 그녀가 여기에 있는 거냐 말이다. 이미 잘 시간이다. 만날 수 있을 거라고는 생각하지 않았다. 하지만 실은 사실을 말하자면, 마음속 어딘가에서 바라고 있었다.

아니야, 바라고 있었다는 건 좀 오버다.

한 번 여기에서 만났으니까 또 만나지 않을까?

그런 식으로 약간이라도 생각하지 않았다고 하면 거짓말이 된다.

물론 시간대가 시간대인 만큼 절대로 만날 리가 없겠지만.

만날 리가 없어야 했다.

그녀는 하루히로 앞을 지나갈 것이다.

그런데 멈춰 서더니.

망설인 끝에, 그런 느낌으로, 그녀가 까딱 고개를 숙였다.

그리고, "안녕…" 이라고 꽤 퉁명스러운 목소리로 말했다.

듣는 사람에 따라서는 이 녀석, 시비 거는 건가?—라고 생각할 만한 태도다. 하지만 하루히로는 별로 화가 나지 않았다.

상대방 쪽에서 먼저 인사를 해준 거니까.

그냥 가도 되는데 가지 않았고.

그녀는 하루히로와 눈을 마주치려고 하지 않는다. 왠지, 가버리고 싶지만 부리나케 가버리는 것도 무례한 태도처럼 보일까? 어쩌지?—그런 식으로 생각하는 것 같은 분위기다.

하지만 진짜 그냥 가도 되거든…?

그렇게 생각한다. 진심으로 생각하지만 이야기 한두 마디 정도는 해보고 싶은 마음도 든다.

뭘 이야기하면 좋은지조차 전혀 모르겠지만. 말은 나오지 않는다. 말다운 것조차도 떠오르지 않는다.

"하… 하하하…."

달리 어찌할 도리가 없어서 우선 웃어봤더니 그녀는 살짝 한숨 비슷한 것을 내쉰다.

아.

가버린다.

"잠깐만."

"어?"

그녀는 발을 멈췄다.

"…뭐야?"

"아니…."

우와.

어쩌지? 나도 모르게 불러세우고 말았다. 머릿속이 새하얗다. 거짓말. 새하얗다고 할 정도까지는 아니다. 하지만 얼굴이 아마도 거의 창백하겠지.

"뭐—뭐… 라기보다, 뭐…? 아…. 응, 아무것도… 아니긴 한데."

"아, 그래."

"으, 응."

"그럼."

"엇—아, 저기."

"응?"

"엇?!"

"그러니까, 뭐냐고?"

"뭐, 뭐? 뭐긴—뭐지? 엇…, 말하자면… 뭐…."

위험하네, 이거.

완벽하게, 어떻게 봐도 이상한 녀석이잖아?

혹시나 사과하는 게 좋을까? 사과한다? 그것도 이상한가? 너무 느닷없나? 위험해?

위험해, 위험해, 위험해.

"큭…." 그녀가 옷소매로 입을 가렸다.

비웃은… 건가?

그녀는 소매와 손으로 얼굴 아래쪽을 가린 채로 "이상해" 라고 말했다.

"앗—이상해? 이상… 한가…?"

"이상해. 별꼴이야."

"진짜?!"

"진짜."

"진짜로? 우아…, 충격이 크다…."

"여기에서." 그녀는 좌우로 시선을 움직였다. "뭐 하는 거야?"

"나? 나는… 이상한 짓은 안 했는데? 평범하게… 그냥… 좀 생각을 했다고나 할까…." 또 우습지도 않은데 웃음이 나올 것 같아서 참았다. "초코는?"

"…함부로 이름을 부르네?"

"미, 미안. 뭔가—."

그러는 게 자연스러운 것 같은 느낌이 들어서.

그렇게 말하면 더욱 기분 나빠할 것 같다.

사실이지만.

초코 양이라거나, 초코 씨라거나—그런 게 아니다. 그건 아니야. 초코는 초코다.

"은근히." 초코는 살짝 눈을 가늘게 떴다. "여자 다루는 데 익숙해? 그렇게는 보이지 않는데."

"…아니야. 보는 바와 같아. 그렇지 않다고. 익숙하다거나 그런 게 아니야. 그게, 음—초코… 양? 씨?"

"상관없는데. 그냥 초코라도."

"아. 정말?"

"응. 뭐랄까."

"뭐랄까?"

"…이상한 이야기지만, 뭔가…, 아냐, 됐어."

"어? 말해봐. 궁금하잖아."

"말 안 해."

"그, 그래? 뭐…, 상관없지만."

"상관없구나."

"엇?! 아니, 상관없진 않지만. 네가 말 안 하겠다니까."

"얼간쟁이."

하루히로는 눈을 크게 떴다.

심장이 묘한 소리를 낸다. 평상시의 맥박이 아니다. 뭐지?

말이다.

얼간쟁이.

그 말이 귀에 익었다.

그런 느낌이 드는 것뿐인가? 하지만 얼간쟁이란 건 일반적인 표현이 아니다—그런 것 같다. 적어도 하루히로는 지금까지 들어본 적이 없다.

아니야, 그렇지 않다.

들은 적이 있는 것이다.

"초코."

"응?"

"기억 안 나지? 너도. 이곳에 오기 전 일은."

"…응. 기억 안 나."

"나도 그런데. 가족이라거나, 친구조차도 전혀 기억이 안 나."

"그래."

"그렇다는 건 어쩌면…, 예를 들면, 나는 파티를 짰고 그 녀석들과는 여기에서 처음 만났다고 생각했는데 그게 아닐지도 모르잖아."

"…전부터 아는 사이였는지도?"

"그냥 그럴 가능성도 있다는 이야기."

"그럴지도. 예를 들면 나랑―."

초코는 하루히로를 보았다.

흘낏 봤을 뿐이다.

곧바로 눈을 피해버린다.

"당신도."

하루히로는 숨을 내쉬었다. "…있… 지. 그럴 가능성도."

"하지만."

"응."

"기억이 안 나니까 의미 없어."

"그렇지는―."

않아. 이렇게 말하고 싶다.

하지만 확실히 그 말이 맞다.

설령 과거에 무슨 일이 있었다고 해도―친구라도, 연인이었다고 해도, 가족이었다고 해도 그 사실을 서로가 기억하지 못한다면 아무런 의미도 없다.

의미가 없는 것이다.

"그러고 보니 당신 이름, 못 들었어."

"이름?"

갑자기 기습을 당한 것 같은 심정이었다.

초코는 하루히로의 이름을 모른다.

"아…, 그렇… 구나."

당연하다.

이제 막 만났을 뿐이니까 알 리가 없다.

역시 우연인 것이다. 그림갈에 오기 전에 하루히로는 어딘가에서 초코라는 이름의 여자아이와 아는 사이였다. 지금 여기에 있는 여자아이의 이름이 우연히 초코다.

얼간쟁이. 그런 것, 들어본 적이 있다는—느낌이 드는 것뿐이다.

어디까지나 그것뿐이다.

"나는 하루히로."

"하루히로…." 초코는 눈을 내리깔았다. 또, 힐끔 하루히로를 봤다. "흠…, 그럼 히로라고 불러도 돼?"

"좋아."

정말로, 이상하네.

왜 눈시울이 뜨거워지는 거지? 하루히로 본인도 잘 모른다.

하지만 유메는 하루히로를 하루 군이라고 부른다. 메리는 하루. 대개 그렇게 부를 것이다.

하지만 왠지.

이렇게 불렸던 적이 있다—는 느낌이 든다.

히로라고.

누군가에게서, 언제였던가.

"좋아, 물론."

"그래." 초코는 허리를 숙이고 하루히로의 얼굴을 들여다본다. "…괜찮아?"

"응? 뭐가?" 하루히로는 손가락으로 눈 주위를 비볐다. "괜찮은데?"

초코는 미심쩍은 모양이다.

하루히로는 일어서서 가볍게 기지개를 켰다. "슬슬 자야겠다. …초코는 뭐 하고 있었어? 꽤 늦은 시간인데."

"밖에서, 산책."

"잠이 안 와서?"

"응, 가끔씩 그래."

그럼 가끔씩 만날 수 있을지도 모른다.

제대로 기억하지도 못하는 과거 같은 건 상관없잖아. 앞으로가 있다.

지금 눈앞에 있는 초코는 살짝 어두운 느낌이고, 무뚝뚝하고, 그러면서도 다가가기 힘들지는 않다. 작은 동물 같은 커다란 눈동자는 조심성이 많을 것 같고, 사람의 눈을 보고 이야기하지 않는다. 하지만 가끔씩 빤히 바라보면 두근거린다.

이런 애는 아마 내가 좋아하는 타입일 거다. 적어도 마음에 걸린다. 그걸로 좋은 것 아닐까?

"초코는 도적?"

"…어떻게 알았어?"

"알아, 장비 같은 거 보면. 나도 도적이니까."

"아, 그런 느낌이야."

"어? 어떤 점이?"

"비실비실해."

"아니, 그럴지도 모르지만…, 비실비실하니까 도적이라니. 그런 이미지야? 초코 마음속에서 도적이란 건? 왜 도적이 된 거야?"

"그냥."

"흐름상?"

"그런 느낌."

"별명은 뭐야?"

"도적들 사이에서만 통용된다는 그거?"

"응. 모처럼 도적끼리 만났으니까."

"…왠지 말하고 싶지 않아."

"아니, 뭐, 나도 별로 마음에 드는 건 아닌데…."

"멋대로 붙여놓은 거고."

"그럼 말이지, 서로 동시에 가르쳐줄까?"

"동시에?"

"하나 둘, 셋 하면."

"좋아."

"좋았어. 하나 둘 셋—!"

"치키 캣(건방진 고양이)."

"올드 캣(늙은 고양이)."

서로 마주본다.

초코가 "푸훗…" 하고 조심스럽게 뿜었다.

"뭐, 뭐야? 왜 그래?"

"하지만 올드 캣이라니."

"…알아. 졸린 눈이라는 말을 자주 들으니까. 노인 같은가봐, 분명."

"나도 아마 눈초리 탓."

"건방져 보이니까? 언동도 그렇지 않아?"

"그럴지도."

"그보다 둘 다 고양이네."

"엄청난 우연."

"정말—."

그저 우연인걸까?

물론 우연이겠지.

"멘토는 바르바라 선생님?"

"누구야? 바르바라는."

"아, 아니구나. 있어. 도적 길드에 바르바라 선생이라는 사람이."

"흠."

"초코 멘토는 남자?"

"그래. 무서워."

"바르바라 선생님도 여자지만 엄청 무서워…."

"도적 같은 거 하지 말걸 그랬어."

"다른 쪽도 엄격한 모양이던데."

"어느 길이나 다 가시밭길?"

"그렇지 않을까?"

"나는 편하고 싶어."

"하긴. 나도 편할 수 있으면 그게 제일 좋겠다고 생각하지만…."

"귀차니즘?"

"응. 금방 생각해버려. 아, 귀찮다 하고."

"마찬가지."

"그렇구나."

"있잖아."

"응?"

"히로네 파티도 오더 수락할 거야?"

"오더…."

이번만큼은 정말로 기습이었다. 한순간, 그리 딱딱하지는 않은 것으로 가슴 근처를 얻어맞은 것처럼 느껴질 정도였다.

"오더… 라. '도'라고 하는 걸 보니—초코네 파티는 참가하는 거야? 그 작전에…?"

"나는 하고 싶지 않지만. 왠지 위험할 것 같고."

초코가 휴—하고 숨을 내쉬자 앞머리가 흔들렸다.

"하지만 참가할 모양이야."

6. 표결의 행방

"—그럼 다수결로 정하자."

하룻밤 지나…, 또다시 밤.

늘 그렇듯 의용병 일로 하루벌이를 한 뒤에 셰리의 주점 한구석에서 오늘도 하루히로 일행은 서로 이마를 가까이 하고 있었다.

음료는 이미 주문해서 탁자 위에 놓여 있지만 아직 아무도 손을 대지 않았다.

하루히로는 동료들의 얼굴을 둘러보았다.

란타는 거만하게 몸을 젖히고서 팔짱을 끼고 있다.

모구조는 상당히 긴장하고 있는 것이겠지. 표정이 엄숙하다.

시호루는 고개를 숙이고 있다.

유메는 빨리 끝나게 해달라고 기도하는 것 같은 표정이다.

메리는 평정을 유지하고 있는 것처럼 보인다.

하루히로는 하… 하고, 크게 숨을 내쉬었다.

"주제는 '쌍두 뱀' 작전 참가 오더를 수락할지, 말지. 수락하는 데 찬성인 사람은 손을 들어줘."

"나…!" 란타가 제일 먼저 두 손을 들었다.

이어서 모구조도.

유메는 탁자 있는 곳에서 살짝 손을 들었다 내렸다 한다.

메리는 굳어버린 것처럼 움직이지 않는다.

하루히로가 가만히 거수하자 아마도 덩달아 그랬을 것이다, 시호루도 오른손을 들고,

"어…."

그러고 나서 자기 손과 하루히로 손을 번갈아 보았다.

유메가 "호에…" 라고 이상한 목소리를 냈다.

메리는 눈을 크게 뜬다. "어…?"

모구조가 눈을 깜빡이더니 고개를 갸웃거린다. "어라?"

"뭐얏―." 란타가 의자에서 벌떡 일어나 눈을 움직여 손의 숫자를 셌다. "1, 2, 3, 4, 5…, 다섯?!"

"아니, 란타, 지금 너, 네 손 양쪽 다 세었잖아."

"아아아?! 안 셌어! 셀 리가 없잖아?! 아니, 셌나? 셌구나. 그렇다면 그건가? 넷인가? 넷. 과반수네."

"그래. 그럼 결정이네. 오더는 수락한다."

"어, 그래."

"뭐야? 다수결 결과니까 문제없지?"

"문제는 없는데…, 그게 아니라! 하루히로! 네가 찬성이라니, 무슨 바람이 몬 거냐?!"

"몬 게 아니라 분 거 아니야?"

"시끄러워! 시끄럽다고! 상관없잖아, 그런 건! 근본이 치킨(겁쟁이)인 네가 찬성하다니, 뭔가 음모를 꾸미―아니, 말하지 마! 알았다! 알았어. 너 그거지? 어차피 다수결로 자기가 반대해도 지는 건 명백하다고 예상하고, 그렇다면 차라리 찬성하는 편이 풍파가 일지 않아서 좋다거나, 그런 찌질한 생각을 한 거지? 족집게지?! 정말 너답다, 너다워!"

란타는 하루히로의 어깨를 탁탁 두드렸다. 울린다니까. 그런 방식으로 치면. 힘 조절 좀 하라고. 머리까지 울려. 왜 그렇게 난폭한 거야? 란타니까 그런가?

“…멋대로 단정하지 마.” 하루히로는 란타의 손을 뿌리쳤다. “그런 생각은 하지 않았어. 무엇보다, 내가 찬성하지 않았다면 과반수는 안 되었잖아.”

“자잘한 걸 따지지 마. 현미경이냐? 네가.”

“현미경은 아무 말도 하지 않아.”

“그런 점이 자잘하다는 거야.”

“너는 너무 대충대충이야.”

“대범하다고 해! 왕의 모습이라고! 그야 나는 왕이 될 그릇이니까!”

“그 둘은 한자가 틀려” 라고 메리가 차갑게 지적했다.(주2)

란타는 “큭…” 하고 입을 다물었으나, 한순간뿐이었다. 곧바로 부활했다. “—그럼 뭐야? 하루히로! 무슨 속셈으로 찬성한 거냐?! 불어! 토해내!”

유메가 얼굴을 찡그렸다. “더럽게….”

“정말… 존재 자체가….” 시호루도 오물을 보는 눈으로 란타를 보고 있다.

그보다 존재 자체라니, 시호루. 제법 독한 말을 하지 않았어? 하긴 란타는 전혀 마음 쓰지 않는 것 같으니까 상관없나? 하지만 잘도 태연할 수 있네. 그런 소리를 들으면 보통은 풀이 죽을 것이고 한동안 재기할 수 없게 된다.

“이유는….” 모구조가 맥주를 한 모금 마셨다. “이유는 나도… 알고 싶… 은가? 하루히로 군은 우리 모두를 걱정해서, 그래서 반대했을 거라고, 나는 생각했어. 뭐랄까…, 리더로서.”

“허술하지만!” 란타가 맥주를 벌컥 들이켜고 카하하하핫 하고 웃

주2) 대범(鷹揚)의 일본어 발음인 'おうよう'와 왕의 모습(王の様, おうのよう)의 발음이 비슷한 점을 이용한 말장난. 실제로는 발음만 비슷하지 완전히 다른 글자이다.

었다.

"그, 그렇지 않아! 하루히로 군은 열심히 해주고 있어!"

"그려, 맞아! 모구조 말이 맞아! 하루 군은 잘하고 있는걸!"

"나도… 그렇게 생각해."

"그래."

"뭐야? 뭐? 집중포화냐?! 별거 아니네. 끄떡도 없다! 좀 더 해봐!"

하루히로는 손으로 입을 가렸다. 위험, 위험. 지금 웃었는지도 몰라. 뭐랄까, 의외로 인정받고 있어…? 란타는 저렇지만, 란타 자체가 거시기니까.

하지만 들떠 있을 때가 아니다.

하루히로는 헛기침을 했다. "이유는 여러 가지가 있는데—."

예를 들면 초코가 걱정된다거나.

초코네 파티에 관해선 잘 모르지만, 팀 렌지처럼 실력파 루키가 아니라는 것만은 틀림없다. 만약 그렇다면 반드시 의용병들 사이에서 화제가 되고 하루히로의 귀에도 들어왔을 테니까.

딱히 강한 것도 아닌, 하루히로네보다도 미숙한 파티가 오크의 보루를 공격하는 작전에 참가한다는 건 무모하다. 아무리 생각해도 너무 위험하다.

그렇긴 해도, 함께 참가한다고 해서 초코를 지켜줄 수 있는 것도 아니겠지. 결국 같은 파티가 아니니까. 단, 무슨 일이 있을 때 가까이에 있으면 약간은 도울 수 있을지도 몰라.

말할 수 없지만.

그런 일, 동료들에게는 물론.

게다가 초코 일은 어디까지나 부수적인 것이다.

무엇보다도 우리를 위해서 이 오더를 수락하는 게 좋겠다고 하루히로는 판단했다.

"우선 보수. 선금과 잔금 합쳐서 1골드는 역시 커. 하루 만에 정리가 되지 않는다면 둘째 날부터는 하루에 30실버씩 수당이 나온다고 하고. 그리고 현장에서 특별 수당이 나오는 일도 있잖아, 란타?"

"그래." 란타는 어깻짓을 한다. 폼을 잴 생각이겠지만 전혀 멋있지 않았다. "적의 강한 녀석, 대장 같은 것을 죽이면 얼마 나온다거나. 여러 가지가 있는 모양이야."

"뭐, 무리해서 노릴 것까지는 없다고 생각하지만." 하루히로는 탁자를 손으로 짚었다. "—그거야, 바로."

"응?" 유메는 입을 삐딱하게 모으고 고개를 갸웃거렸다. "그거라니?"

"그러니까, 오더라는 것은 참가하면 돈은 받을 수 있는 거지? 활약하지 못해도—활약하지 않아도 규정의 보수는 손에 들어온다. 위험하다 싶으면 무리하지 않으면 돼."

"이 근성 없는 놈!" 란타가 가운뎃손가락을 세우고 혀를 내밀었다. "똥개!"

"부르고 싶은 대로 불러. 아프지도, 가렵지도 않아."

"약충 하루히로!"

"네, 네."

"구더기!"

"…너 말이야."

"왜소증!"

"그건 상관없잖아!"

"왜소증…?"

한쪽 볼만 튀어나와 고개를 갸웃거리는 유메에게,

"유… 유메, 그게 아니라…."

귓속말을 하려는 시호루는 도대체 어떤 설명을 하려는 걸까? 은근슬쩍 관심이 가기는 했다.

"아무튼." 하루히로는 머리를 긁적였다.

이래 봬도 나름대로 고민했다. 초코네 파티도 작전에 참가한다는 걸 안 것은 계기가 되었다. 하지만 그저 계기일 뿐이지 그것이 결정타가 된 것은 아니다. 확실하게 생각한 끝에 내린 결론이다.

"눈부신 활약을 해서 눈에 띄는 것보다 모두가 무사히 내일을 맞이하는 쪽이 중요하잖아. 나는 그렇게 생각해. 하지만 일절 위험 부담을 무릅쓰지 않고 할 수 있을 만큼 이 직업은 만만하지 않아. 만만하지 않은데도 살아남으려면 힘을 길러야 한다고. 경험을 쌓아야 해. 의용병은 오크를 죽여야 한 사람 몫을 한다고 할 수 있다고 해. 역시 우리도 오크에 도전해야 할 때가 언젠가는 오는 거야. 그렇다면 말이야, 이 작전은, 우리 주위에는 다른 의용병도 있는 거고, 그리 나쁘지 않은 상황이지?"

"핫…." 시호루가 숨을 들이켰다.

유메는 "오—" 라며 눈을 동그랗게 떴다.

모구조는 잡아먹을 듯이 하루히로를 바라보고 있었고, 메리도 조용히 귀를 기울여준다.

"크크크크크크…." 란타가 갑자기 악당처럼 웃기 시작했다. "왓핫핫핫핫! 카—핫핫핫핫! 하루히로! 너라는 놈은 지이이이이이이이이이인—짜로 진짜로 안타까울 정도로 가련한 겁쟁이 녀석이다! 살아 있는 게 부끄럽지 않냐? 응?”

“…너야말로 그렇게 성격이 못됐는데 잘도 태연하게 살아 있을 수 있네.”

“성격이 못됐다고오오오오오오? 어어어어어엉? 어디가 말입니까아아아아아아아? 나는 그저 진실을 있는 그대로 말해버릴 뿐인데요오오오오오오오?”

다음에 란타 뒤에 있을 때 그 선이 보인다면 주저하지 말고 백스태브를 먹이자.

그러니까 지금은 참자. 응. 좋았어. 참자, 참자, 참자, 참자. 상대해봤자 더 신이 나서 날뛸 테니 무시하자.

“게다가 말이지, 우리들, 부족하나마 그래도 그 죽음의 반점—데드 스팟을 해치운 파티잖아. 그리고 이번에 공격할 보루는 데드헤드니까. 뭐랄까, 운이 좋을 것 같지 않아? 그런 게 있지 않을까 해서.”

“와앗!” 모구조는 커다란 몸을 젖혔다. 깜짝 놀란 거겠지만 나야말로 깜짝 놀랐다. “드, 듣고 보니 그러네! 데드 스팟과 데드 헤드…, 눈치채지 못했어…!”

“후오—. 유메도, 유메도. 그러네. 데드 스팟과 뎃코로트니까 비슷하네. 하지만 데드 스팟이란 건 데이트 스팟 같아.”

“…뎃코로트가 아니라 데드 헤드.” 하루히로는 일종의 의무감 같은 충동에 휩싸여 정정했다. “데드 스팟과 데이트 스팟은 확실히 비슷하지만…, 그런데, 유메는 역시 반대?”

"음냐—. 다들 한다면 뭐, 해도 되지 싶다고 유메도 생각해."

"메리는?"

물어보자 메리는 미소 비슷한 것을 떠올리고 끄덕였다.

"다들 결정한 일이라면 그걸로 좋아. 나는 그저 온 힘을 다해 당신들 목숨을 지킬 뿐이니까."

"나, 나도!" 모구조가 자기 가슴을 퉁 두드렸다. "메리 씨와는 역할이 다르지만, 내가 제대로 하면 모두를 지키는 일에도 연결될 테니까! 할게! 힘낼게!"

"—그럼." 란타는 히죽거렸다. "전원일치로 경사롭게 대찬성이라는 걸로 쳐도 되는 거지?"

이렇게 사람을 열 받게 하는 웃음을 지닌 남자 란타. 그 재능에 질투가 난다.

아니, 질투는 안 나지만.

그럴 리가 없고.

하루히로는 미드가 담긴 도기 컵을 치켜들었다. "그런 걸로 해."

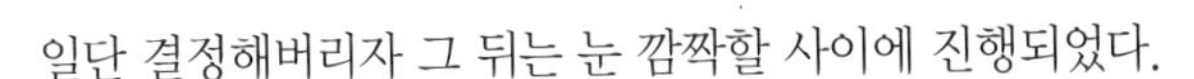

7. 날이 밝고

일단 결정해버리자 그 뒤는 눈 깜짝할 사이에 진행되었다.

오더를 수락하기 위해 의용병단 사무소를 방문하기도 하고, 평소처럼 일에 힘을 쏟기도 하고, 안절부절못하고 우왕좌왕하는 동안에 벌써 작전일은 내일로 다가왔다.

집합은 아침 일찍—이랄까, 데드 헤드 감시 보루와 리버사이드 철골 요새 공략은 날이 밝는 것과 동시에 개시하기로 되어 있으니까 새벽 3시에는 오르타나 북문 앞에 도착해야 한다.

오르타나의 시각 종은 오전 6시부터 오후 6시까지 두 시간 간격으로 울릴 뿐이고, 하루히로 일행에게 시계 같은 건 없다. 파는 걸 본 적은 있지만, 뭐라더라? 드워프인지 뭔지 종족의 세공사가 아니면 만들 수 없다고 해서 눈이 튀어나올 정도로 고가였다. 단, 다행히도 의용병 숙소 현관에 기둥시계가 설치되어 있기 때문에 시각은 그것으로 확인할 수 있다.

목표 기상 시각은 새벽 2시—경.

누구 한 사람이라도 그때쯤에 눈을 뜨면 순서대로 모두를 깨우면 되는 거니까, 어떻게든 되겠지.

내일을 대비해서 하루히로 일행은 해가 저물 때쯤에 잠자리에 들었다.

좀 더 정확하게 말하자면, 잠자리에 누워 잠들기 위한 노력을 시작했다.

"—무리라고!"

어두운 방에서 먼저 발버둥을 친 것은 당연히 란타였는데, 이번

만큼은 하루히로도 동감이었다.

“갑자기 이런 시간에 자라는 건….”

“으, 응….” 모구조도 같은 의견인 모양이다. “나, 아무 때나 잘 자는 편이지만 그래도 아직은….”

“차라리 갈까?! 돌격해버릴까?!”

“뭐야? 돌격이라니…. 그보다, 란타. 안 그래도 잠이 안 와서 난감하니까 좀 조용히 해….”

“아, 저기, 란타 군. 가다니, 어디에?”

“엉?! 그야 당연히 여자들 방이지!”

“엇….”

“거길 왜 가…?” 하루히로는 한숨을 내쉬었다. “무엇보다도 가서 어떻게 할 건데?”

“어떻게 하긴, 그야 그거지.”

“그거라니?”

“그건… 그거다!”

“그러니까, 뭐냐고?”

“아—.”

“아?”

“그.”

“그?”

“가….”

“가? 뭐?”

“…라고 하면 뭐다—?”

“나한테 묻지 마. 네가 말을 꺼낸 거잖아. 대충이냐? 아무것도 생각하지 않았다면 솔직하게 그렇게 말하지그래?"

"생각했어. 마구마구 생각했어. 가… 가, 가…, 모, 모구조! 가!"

"나, 나? 가…? 가… 가가… 가가가……."

"힘내라, 모구조! 나온다! 조금만 더! 자!"

"…가위바위보?"

"바보! 모구조 바보! 여자 방에 돌격해서 가위바위보 같은 걸 하는 놈이 어디 있어! 변태냐? '가'라면 그거잖아! 가슴이잖아…!"

"…우아—."

"뭐냐? 하루히로! 뭐가 '우아—'냐? 너도 좋아하잖아, 가슴! 남자니까! 남자라면 모두 가슴을 아주 좋아해야 마땅해!"

"멋대로 단정하지 마…."

"하항. 그럼 너는 싫다는 거냐? 지금 눈앞에 가슴이 있다고 해도 아무렇지도 않다는 건가? 출렁거리는 가슴이 눈앞에 있는데도?"

"그야… 아무렇지도 않지는 않지만."

"모구조도 좋아하지? 가슴."

"엇…, 뭐, 뭐… 그건…, 남들만큼은…."

"관둬, 모구조. 란타의 말 같은 거에 끌려갈 필요 없으니까."

"그거 봐라! 너희도 좋아하잖아! 캇하핫! 어차피! 너희도 수컷이란 거야! 그러니까, 간다. 어이!"

"그러니까, 가서 어떻게 할 건데?"

"만지겠다 이거다. 만질 거다! 주무른다고!"

"…성폭력이다, 그건."

"그렇게까지는 안 해! 주무르는 것뿐! 그저 가슴을 만지는 것뿐이다! 그 정도는 문제없을 거야! 세이프다!"

"아웃이야. 인간으로서…."

"하긴."

"그렇지?"

"솔직히 그렇잖아. 억지로 만져봤자 의미 없지. 뭐랄까, 만져도 됩니다 비슷한? 오히려 주물러주세요 같은 느낌? 그런 느낌이 있어야지. 역시 사랑이어야지."

"뭐야? 갑자기. 기분 나쁘게."

"바—보. 이런 때에는 연애이야기잖아! 분명 유메와 시호루도 하고 있을걸? 틀림없어. 하고 있다고! 무지하게 하고 있을 거야! 여자니까."

"아…" 라고 모구조가 동의하는 것 같은 목소리를 냈다.

하루히로는 몸을 뒤척였다. "…그런 건가?"

"당연하지. 여자와 연애 이야기는 떼려야 뗄 수 없으니까. 화재와 아버지만큼 밀접한 관계라고. 응. 지금 이 비유는 없던 걸로 쳐. 실패. 하지만 여자라는 생물은 진짜로, 진짜로 머릿속에 연애이야기투성이니까. 지금쯤 분명 하고 있다고. 시호루, 시호루는 누가 괜찮은 것 같앙—? 뭐? 유메는—? 이런 식으로. 반드시 하고 있어."

"아니…, 하지 않을걸, 그런 이야기는."

"하루히로, 너는 여자라는 걸 전혀 모르는구나. 그 녀석들은 밥은 굶어도 연애는 한다는 기묘한 생물이라고. 넘어져도 그냥은 안 일어나. 연애를 한다, 일곱 번 넘어지면 여덟 번 연애한다, 그것이 여자라고. 그런데? 너는?"

"어? 뭐가?"

"누가 괜찮냐고?"

"엉…?"

전혀 경계하지 않고 있었기 때문인가?

파팟… 하고 두 사람의 얼굴이 떠올랐다. 순서는—하루히로도 잘은 모르겠다. 두 사람의 얼굴이 번갈아가며 언뜻언뜻 보인 것 같은 느낌이었다.

"…누가라니."

"내가 맞혀볼까? 유메지."

"무슨—."

"맞았지? 외모는 두말할 것 없이 메리가 제일이지만 아무리 생각해봐도 너무 높아. 시호루는 가슴이 커서 점수가 높지. 얼굴도 그런대로 귀여워. 단, 성격이 성가실 것 같고 애초에 남자랑은 말도 잘 안 하니까. 너처럼 자기평가가 낮고 찌질거리는 녀석은 유메 같은 포근한 여자한테 가는 거야. 아무래도 그렇게 돼."

"…찌질거려서 미안하게 됐다."

"좋을 리가 없지. 짜증 난다고. 인기 없어, 너. 분명히 말해서."

"너도 다른 이유로 인기 없다고 생각하는데."

그리고 맞히지 못했다.

말할 뻔했으나 친절하게 가르쳐줄 의리 같은 건 없지 않은가. 그런 게 아니고. 연애 감정 같은 건 없다. 적어도 거기까지는 안 갔다—고 생각한다. 아마도.

"핫, 이 나의 흘러넘치는 매력을 모르는 바보니까 너는 인기가 없는 거야. 하루히로, 너는 이제 됐어. 모구조는 어때? 누가 좋아?"

"누, 누가 좋다거나 그런 건 없는데…."

"아―니야. 있을걸. 남자와 여자가 있는데 없을 리가 없지! 수컷의 본능이 자연히 암컷을 선택하는 거야."

"너무 적나라하네…, 그런 표현은…."

"우리는 살아 있으니까! 게다가 젊고! 적나라하지 않으면 어쩔 건데. 까놓고 말해서! 모구조는 누구랑 교미하고 싶어?!"

"란타…."

"엉? 뭐냐? 하루히로. 나는 알기 쉽게 말해준 것뿐인데. 남자가 여자를 원한다는 건 요컨대 그런 거니까."

"하, 하지만 란타 군, 나는 그런 식으로는 생각하지 않는데…?"

"그럼, 어떤 식으로 생각하는데? 자, 말해봐. 말해봐."

"도… 동경이라고나 할까."

"호―?"

"예쁘다… 고 생각하기도 하고."

"그렇다면 모구조, 너 메리를 노리는 거냐?"

"뭐엇! 어, 어떻게 알았어? 노, 노리는 건 아니지만…."

"그야 당연히 알지. 저중에 예쁘다고 하면 메리밖에 없잖아."

하루히로는 머리를 흔들었다. "…실언밖에 못하는 남자구나, 너는."

"아닙니다요. 나는 진실밖에 말하지 않는 남자입니다요. 유메도, 시호루도 아무리 봐도 미인의 범주에는 안 들어가잖아. 그 졸린 눈을 후벼 파고 잘 보라고."

"눈을 후벼 팠다가는 큰일 나고, 내 눈에 관해서는 말하지 말라고 몇 번이나 말하면 듣겠어?"

"하지만 말이야―모구조는 메리인가. 제법이네―. 역시 내 파트너야!"

"하, 하하하…. 저, 하지만, 정말로 그냥, 예쁘다고 생각하는 것 뿐이라…."

"하지만 말이야, 메리 녀석 전에 말했잖아. 이중에서는 모구조가 좋다고."

"…으, 응. 실은 그때부터… 뭐랄까, 아주 조금… 의식? 하게 되어서…."

"의식…." 하루히로는 가만히 중얼거렸다. 모구조가 남몰래 연정을 품고 있었다—는 표현은 좀 그렇지만. 왠지 쇼크다.

"쿠하하핫!" 란타는 어째서인지 묘하게 신이 났다. "모구조 주제에, 이 자식! 계속계속 밀어붙이면 의외로 잘되지 않을까?!"

"아, 아니, 그, 그런 일은 도저히라고까진 안 해도…."

"너 말이야, 모구조. 파트너니까 말해주는데, 인생, 긴 것 같아도 짧은 거야. 할 일은 해둬야 한다고. 후회하지 않도록 말이야. 그러니까 고백해!"

"무! 무리야…."

"괜찮으니까 고백하라고! 내일 고백해!"

"못한다니까…."

"못한다고 생각하니까 못하는 거야! 할 수 있다고 생각하면 할 수 있어! 그런 거다! 그렇지? 하루히로! 그렇지?"

"어? 아, 응, 뭐, 그야 그렇—지가 아니라, 갑자기 나까지 끌어들이지 마."

"바보. 너는 응원 안 해? 모구조를. 동료잖아."

"응원…? 아니, 안 할 리가 없지만…."

"행복해지길 바라지 않는 거냐?"

"바라지만."

"그렇다면 고백하는 게 좋잖아! 고백해야 하잖아! 고백 댄스를 보여야지!"

"뭐냐? 고백 댄스란 게…?"

"고백할 때의 전통 행사다! 있다고, 그런 게! 내가 지금 결정했다! 좋았어, 춰라, 모구조! 고―백―고―백―하면서!"

"…춤 못 추는데…?"

"그렇겠지. 진짜 추면 곤란해. 말해본 것뿐이다! 내 일류 기술인 '말해본 것뿐'!"

"란타, 너는 훌륭한 삼류다."

"오류인 하루히로 따위가 말해봤자 아무렇지도 않다."

"그보다 너는 누가 마음에 있는데? 나한테도, 모구조한테도 물어봐놓고 너는 말 안 했잖아."

"그, 그래. 란타 군도 가르쳐줘."

"엉―? 나? 나 말이냐? 뭐야? 너희들, 알고 싶어?"

"알고 싶은 거냐고 물어본다면 상당히 애매하긴 하지만…."

"나, 나는 알고 싶어. 아마도."

"그토록―알고 싶은 거야?"

"…나는 솔직히 그렇게까지는 알고 싶지 않은데."

"나는 알고 싶어…, 비교적."

"할 수 없군. 그렇게까지 말한다면―."

란타가 몸을 뒤척이는 기척이 났다.

그렇다 해도, 상당히 뜸을 들인다.

아무리 그래도 너무 뜸을 들이는 것 아닌가?

그러더니 결국에 그거냐?

"안 가르쳐주—지, 바—보."

"너, 까불지 마…!"

"너, 너무해, 란타 군!"

"카—핫핫핫핫핫핫핫! 나 님의 비밀을 그렇게 간단히 들으려고 하지 말라고! 너희의 비밀은 확실하게 따냈지만!"

"말해! 비겁하잖아!"

"그, 그래! 자기만 말 안 하다니, 치사해!"

"분하면 말하게 만들어봐! 너희한테는 불가능!"

"반드시 불게 만든다…!"

"내가 힘으로…!"

"어이, 어이! 잠깐만, 모구조! 어이! 너, 힘은—꾸에에엑…!"

 8. 육벽(肉壁)

아직 어두운 하늘 아래, 오르타나 북문 앞은 떠들썩했다.

데드 헤드 감시보루 공략을 꾀하는 '청사대(靑蛇隊)'는 오르타나 변경군 준장 렌 워터가 이끄는 변경군 전사 500명과 성기사 100명, 사냥꾼 100명, 신관 몇 명, 합계 700명 남짓. 이것이 본대를 구성하고, 별동대에는 의용병단 37파티 197명이 참가, 이것을 의용병단 레드문 사무소 소장 겸 호스트인 브리 씨, 즉 브리트니가 지휘한다.

그 밖에도 배웅하는 자들과 호기심 많은 구경꾼, 야무진 장사꾼 등도 있으니까 천 명도 넘는 사람들이 이 일대에 모여 있는 것이다. 떠들썩한 정도가 아니다.

참고로, 리버사이드 철골 요새 공략조인 '적사대(赤蛇隊)'는 변경군 전사 1,000명, 성기사 300명, 암흑기사 200명, 기병대 300명, 신관대 50명, 그래험 라센트라 장군이 이끄는 합계 무려 1,850명이 본대이며, 새벽 연대의 소우마를 중심으로 한 유격대는 의용병단 55파티 300명 이상의 규모라고 하니 더욱 굉장하다.

더욱이 오르타나의 수비는 나머지 변경군 병사들이 이안 라티 준장 지휘 하에 맡게 되었다.

그래험 라센트라 장군도, 이안 라티 준장도 하루히로는 잘 모른다고나 할까, 이름을 들어본 적조차 없었지만.

렌 워터 준장은 훨씬 앞에, 북문 바로 옆에 있다. 하얗고 번쩍이는 갑옷을 입고 의연한 모습인데, 남자답다거나 핸섬하다는 좀 고풍스러운 단어가 어울린다. 별로 나쁜 사람은 아닌 것 같지만 왠지 의용병에게는 차가운 것 같은, 보기에도 자존심이 세어 보이는 남자다. 갑옷에 광명신 루미아리스의 육망성이 새겨져 있는 걸 보니 성기사일 것이다.

청사대 안의 서열은 겉에서 보기에도 명백해서 렌 워터 주위에 성기사와 신관들이 있고 그 뒤에 전사, 그리고 사냥꾼이 배치되었다. 별동대는 그보다 더 뒤다.

본대는 비교적 질서정연하게 서 있어 줄을 흩뜨리는 자는 상관인 듯한 자에게 야단을 맞기도 했는데 별동대의 의용병들은 좀 심하다. 대개 파티별로 나뉘어 있어 자기 편한 대로 선 채 이야기를 하거나, 주저앉거나, 이리로 갔다가 저리로 갔다가 하고 있다.

괜찮은가? 이래도.

소심한 하루히로는 그런 생각도 했으나 딱히 문제는 없는 모양이다.

그보다 아마도 별동대는 방치당하는 모양이다.

분명 본대 입장에서는 너희들 멋대로 해라, 우린 알 바 아니다, 그런 식이거나 우리들 정규군은 너희들 의용병과는 다르다, 그런 비슷한 마음이 있는 것이겠지. 변경군 병사 중에 아는 사람은 없지만 하루히로도 의용병으로서 이 오르타나에서 한동안 지냈기 때문에 왠지 느끼고 있었다. 의용병은 원래 이방인이고 왠지 신용을 받지 못한다. 호감도 얻지 못한다.

단, 소우마 정도로 실적을 쌓고 명예가 높아지면 이야기는 달라진다.

그런 유명 의용병들은 이번에 다 함께 적사대의 유격대에 참가하기 때문에 청사대의 별동대는 나머지 찌꺼기처럼 보인다.

그 남은 찌꺼기 중에서도 더욱 아래쪽에 위치한 것이, 뭘 숨기랴, 하루히로 일행이라는 것이다.

사실 별동대에도 업신여길 수 없다고나 할까, 눈여겨 볼 만한 강렬한 의용병들이 있다.

유난히 눈에 띄는 것은 카지코를 우두머리로 하는 클랜 와일드 엔젤스(황야천사대)다.

와일드 엔젤스는 한 명의 예외도 없이 여자인데 전원이 하얀 날개 스톨을 두르고 투구와 모자, 반다나, 헤어밴드 등에 똑같은 하얀 날개 장식을 달았다.

멤버가 여자들만인 것뿐 아니라 그녀들은 남자를 접근시키지 않는다. 남자가 다가가면 "뭐야?!" 라고 큰 목소리로 위협해서 쫓아 버린다.

엄청나게 무섭다.

특히 키가 크고 무서울 정도로 미인에 장도 비슷한 긴 검을 갖고 있는 카지코는 눈이 정말로 위험해 보인다.

카지코가 노려보기만 해도 반은 죽은 목숨처럼 될 자신이 하루히로에게는 있다.

하지만 그런 와일드 엔젤스와 같은 정도의 위압적인 분위기를 풍기는 팀이 동기라니.

팀 렌지.

거기에 있는 것만으로도 쿵—하고 중저음이 울려 퍼질 정도로 당당한 렌지의 모습을 하루히로는 너무나 눈이 부셔서 직시할 수가 없다.

렌지는 오크인 이슈 도그란이 갖고 있던 검을 등에 차고 있다.

렌지가 사용하던 검은 그 옆에서 쪼그리고 앉아 있는 론에게 넘긴 모양이다. 렌지는 태연자약하게 주위를 훑어보는 모습이지만 론은 명백하게 시비를 여기저기 거는 느낌이다. 렌지에 비하면 소인배라는 느낌이 잔뜩이라도, 빡빡머리가 흉포해 보이는 론의 시선을 받고 태연할 수 있는 이는 많지 않을 것이다.

렌지 뒤에 대기하고 있는 삿사는 어른스럽다고나 할까, 엄청나게 어덜트하고 섹시미 만점이고, 검은 테 안경을 낀 아다치는 세계를 뒤흔들 수준의 천재로 보인다.

렌지의 옆—이랄까, 밑에 새초롬하고 사랑스럽게 서 있는 꼬맹이조차도 뭔가 정체 모를 경이적인 파워를 감춘 마스코트로 보이니까 렌지의 존재감은 정말로 보통이 아니라 엄청나다.

천하의 카지코도 렌지는 마음에 걸리는 모양이다. 아까부터 카지코가 렌지를 노려보고 있다.

렌지는 눈치채고 있는 건지, 아닌지, 완전히 무시.

나중에 불씨가 번지지 않으면 좋으련만. 쓸데없는 참견인가? 틀림없이 그렇겠지.

하루히로에게는 와일드 엔젤스도, 팀 렌지도 구름 위에 있는 사람들이나 마찬가지다. 사람에게는 분수라는 것이 있다. 저쪽은 저쪽, 우리는 우리다.

초코와 눈이 마주쳤다.

하루히로가 목례하자 초코는 까딱 고개를 숙인다.

본대 뒤에 배치된 별동대의 뒤에서도 한참 뒤, 꼬리 쪽에 하루히로 일행은 진을 치고 있다. 경험과 실력을 봐서는 그런대로 어울리는 위치겠지.

초코네 파티는 하루히로보다도 앞에 있다. 이건 뭐지? 아니, 별로 상관은 없지만.

보기에 상큼한 타입의, 여자에게 인기가 많아 보이는 얼굴을 한 전사가 분명 초코네 파티의 리더겠지. 싱글거리며 이야기하는 상큼 군을 중심으로 사람들의 울타리가 생긴 느낌이니 우선 틀림없다.

그리고 처음에 초코와 만났을 때 함께 있던 짧은 머리 여자아이. 짧은 머리 씨는 마법사다.

그리고 신관 차림을 한 남자가 한 명에 전사 같은 장비의 남자가 두 명. 한쪽 전사는 상당히 키가 큰 키다리 군인데, 왠지 어두워 보여 친해지기 힘들 것 같다. 또 한 명의 실실거리는 분위기의 전사인 실실남이 유난히 초코에게 들이대고 있다. 초코는 다소 성가셔 하는 것 같다. 하지 마라. 열 받는다.

열 받아봤자 어쩌겠냐만은.

저쪽은 파티 동료들이고 나는 잠시 이야기를 나눈 적이 있는 것뿐이니.

"…후웃. 후우. 후웃…."

모구조의 콧김이 묘하게 거칠다. 흥분한 건가? 그보다는 역시 긴장하고 있는 것이겠지. 고속으로 투구를 벗었다 썼다 하고 있고.

하루히로는 모구조의 등을 제법 힘껏 때렸다. "모구조!"

"—아얏?!"

"왜 그래? 긴장돼?"

"어? 아, 으, 응…, 조, 조금. 아니, 꽤…."

"그야 그럴 테지. 이런 분위기는 경험해본 적 없으니까."

"하, 하지만 하루히로 군은 그렇게 긴장하지… 않았지?"

"그렇게 보여? 그렇지—않지는 않지만."

확실히 그다지—라고나 할까, 거의 긴장하지 않았다. 차분하다. 결국 잠드는 데는 꽤 시간이 걸렸기 때문에 좀 졸리긴 해도.

"음후후—." 유메가 이상한 웃음소리를 냈다. "하루 군은 있잖아, 언제나 나른해 보이잖아."

"나, 나른해… 보여?"

"어, 그러니까…." 시호루가 곧바로 유메를 응원한다. "유유자적하다는 느낌이랄까, 그런 의미 아닐까…?"

유메는 고개를 갸웃거린다. "요요자적?"

"말해두는데." 하루히로는 만약을 위해 보충설명을 해두기로 했다. "요요자적이 아니라 유유자적. 속세에 얽매이지 않는다는 뜻이야."

"요요…?" 유메는 한동안 생각하고 나서 손바닥을 하루히로에게 향했다. "요—."

"요, 요—?" 하루히로는 덩달아 유메의 손바닥에 자기 손바닥을 찰싹 마주쳐 하이파이브를 했다.

그러자 유메는 다른 쪽 손을 내민다. "요—!"

"…요?" 하루히로가 유메의 손에 자기 손을 대자 두 손을 맞잡은 형태가 되었다.

뭐야? 이거.

유메는 하루히로의 두 손을 꼭 잡았다. "요! 요!"

"응… 응…?"

"이거지, 요요—라고 하면."

"이, 이거… 야?"

"끙. 유메도 잘은 모르지만 왠지?"
"왠지… 라고…."
하루히로는 문득 초코 쪽을 보았다.
우연히—그렇다, 우연이라고 생각하는데, 초코도 이쪽을 보고 있었다.
곧바로 고개를 숙였지만.
왠지 찜찜했다.
"저…, 유메. 그만 손 뗄까?"
"후엥? 응. 그려. 아, 하루 군, 하루 군."
"응? 왜?"
"지금 생각했는데, 하루 군의 손, 따뜻하네. 어째서?"
"글쎄…."
하루히로는 오른손으로 왼손을 만져보았다. 따뜻한가? 보통이라고 생각하는데. 어쩌면 자기는 모르는 건지도.
모구조는 아직 투구를 벗었다 썼다를 반복하고 있다. 그렇게 간단히 풀릴 긴장이 아닌 모양이다. 그렇긴 해도 그냥 내버려둘 수도 없어서 다시 말을 걸려고 했더니 메리가 선수를 쳤다.
"모구조 군."
"뉘엣?"
—이라니. 뉘엣이 뭐냐? 뉘엣이.
모구조는 마치 지상에서 심해어라도 만난 것 같은 얼굴을 했다.
메리는 모구조의 어깨에 손을 얹었다. "심호흡해봐."
"시, 시, 심호흡…, 그러니까—후우우우우우우우우우우우우…, 하아아아아아아아아아아아아아아아아아아아앗—다, 답답해…."

"천천히. 진정해."

"으, 응. 후우우우우우우우우우우우우우우웁. 하아아아아아아아아아아아아아아아아아아."

"다시 한 번."

"후우우우우우우우. 하아아아아아아아아…, 앗. 조, 조금 진정이 되었… 는지도."

"호흡이란 건 보통은 무의식적으로 하는 거잖아. 그러기에 더욱 숨을 쉬는 일에 의식을 집중하면 마음이라거나 다른 것도 스스로 컨트롤할 수 있게 돼. 나는 진정이 안 될 때 그렇게 해."

"아, 고마워. 메리 씨. 나, 무지하게 얼어 있었는데—."

"아마도 그랬겠지."

끼어들지 않는 편이 좋을까? 망설였지만 좋은 기회니까 말해두고 싶다. 실은 계속 마음에 걸렸던, 걱정이었던 일이 있는 것이다.

"우리는 모구조에게 많이 의지하잖아. 그게 모구조에게는 상당한 부담이 될 거라고 생각하거든."

"어…, 아, 아니야. 그, 그렇지는…."

"하지만 솔직히 말하면 앞으로도 의지하려고 해. 모구조가 전사고 파티의 방패역이라서 그런 것도 물론 있지만, 그것뿐만이 아니야. 모구조는 용감하고 듬직한 존재야. 그러니까 좀 더 자신감을 가졌으면 해. 왜냐하면 우리 중에서 제일 성장이 빠르다고나 할까, 많이 레벨업을 한 건 아무리 봐도 모구조야. 모두 그건 느끼지?"

"바보!" 란타는 원숭이처럼 펄쩍 뛴다. "최고로 레벨업을 한 건 바로 나잖아! 모구조는 2등이다! 내가 레벨 30 정도 업했다면 모구조는 25 정도야!"

"란타치고는 상당히 겸손하네."

"뭣이?! 그, 그런가…? 그렇다면, 내가 레벨 50 정도 업했고, 모구조는 25 정도야!"

"모구조를 내리는 게 아니라 너를 올리는 거냐…?"

"당연하지! 나는 천하를 제패할 남자다?!"

"…주위 사람들이 비웃는데." 그렇게 말하는 시호루도 냉소를 띠고 있다.

"뭐라고?! 에잇! 진짜네…!"

"유메는 말이야, 모구조가 대단하다고 생각해. 모구조가 없었다면 도저히 해나갈 수 없걸랑. 육벽이야!"

"육벽(肉壁)…." 메리가 살짝 굳은 얼굴로 말한다.

"우엥? 안 되나? 육벽. 유메는 칭찬하려고 한 건데."

"아니, 저기, 그래도…." 모구조가 머리를 흔들고 나서 끄덕였다. "나, 기뻐. 뭐랄까, 될 수 있다면, 내 몸이 벽이 되어 모두를 지켜주는 육벽이 되고 싶어."

"그래!" 란타는 모구조의 어깨를 껴안았다. "잘 부탁한다, 파트너! 가 아니라 육벽!"

"그, 그건 파트너 쪽이 좋은데…."

"음? 그래?"

란타가 건방을 떠는 것이 재수 없지만 모구조는 아까보다 훨씬 편안해 보인다. 하루히로도 안도했다. 과장도, 무엇도 아니고 모구조는 파티의 축이다. 이 파티가 잘 돌아갈지 아닐지는 모구조에게 달렸다고 해도 과언이 아니다. 모구조의 컨디션만 최고라면 하루히로는 없어도 별로 달라지지 않겠지. 요컨대 모구조를 어떻게 활용

할까, 그 점이 관건이다.

"자, 자!" 브리 씨가 손뼉을 쳤다. "애들아, 주목! 주목! 지금 당장 내 옆으로 집합해! 작전에 관해서 대충 설명할게! 자! 서둘러, 서둘러! 어서, 어서!"

9. 새끼 고양이들에게 고함

"—그래서 말이야."

브리 씨의 턱은 갈라진 엉덩이 턱이다. 약간 정도가 아니다. 뚜렷하게. 분명하게 갈라졌다. 입술은 새카맣다. 검은 립스틱을 바른 거겠지. 그렇지도 않은데 저 색이라면 괴물이다. 속눈썹은 숱이 짙고 빳빳하다. 저건 본인 건가? 볼은 붉다. 볼터치를 바르는 모양이다. 그보다 화장이 너무 진하다.

오늘의 브리 씨는 제대로 갑옷을 입고서 검을 차고 있다.

움직임은 여전히 몸을 배배 꼬지만. 무섭다.

갑옷에 육망이 새겨져 있으니 렌 워터 준장과 마찬가지로 성기사인가?

브리 씨는 물색 눈동자에 징그러운 빛을 담고 허리를 꼰다.

"데드 헤드 감시 보루 바깥쪽은 지금 말한 것 같은 식. 간단히 복습하자면, 보루 주위에 망루를 중심으로 한 캠프가 점재해 있고, 각각의 캠프에는 두 명부터 다섯 명의 오크가 있는 거지. 뭐, 여기에 있는 모두는 대개 알고 있겠지만, 모르는 사람도 약간 있는 모양이니까 만약을 위해서 말해둘게. 이 캠프들과 보루를 다 합해서 우리는 데드 헤드 감시 보루라고 부르는 거야. 여기까지는 알겠지? 뭐 질문 있어? 없어? 없지? 있으면 곤란해. 그럼 다음은 보루 본체 쪽이야."

브리 씨는 그림 도면을 바닥에 펼쳐놓고 램프로 비췄다. 보아하니 데드 헤드 감시 보루의 보루 본체를 그린 것 같았다.

"보루를 둘러싼 방벽의 높이는 정문이 있는 남쪽이 6미터 정도,

동쪽과 서쪽은 이보다도 낮아서 약 4미터, 뒷문이 있는 북쪽은 5미터야. 방벽을 넘어 보루 안으로 들어가려면 바깥 계단을 이용해서 옥상까지 올라가야 해. 1층에는 출입구가 없거든. 그래서 그 출입구가 여기." 브리 씨는 칼집에 든 검 끝으로 옥상의 한 점을 가리켰다. "—보면 알겠지만, 방벽과 보루 동남쪽 모서리가 접한 구조야. 바깥 계단은 보루 동면, 훨씬 남쪽 가까이에 있지? 즉, 남쪽 정문으로 들어가도 오른쪽으로 한 바퀴 가까이 돌아야 보루 바깥 계단에 도달할 수 있다는 거야. 그래서 바깥 계단을 뛰어올라가 옥상층 출입구로 안에 들어가면 이번엔 1층까지 내려가야 해. 왜 이렇게 귀찮게 되어 있냐 하면, 그건 알지? 물론 방어를 위해서야. 1층까지 내려가면, 북서, 남서, 북동에 각각 감시탑으로 올라가는 계단이 있어. —아, 그렇지, 이것도 루키(신병)에게 하는 이야기인데, 이 보루는 세 개의 감시탑이 우뚝 솟아 있어. 이것이 감시 보루의 이름의 유래야. 적의 우두머리인 키퍼(보루지기)는 세 개의 감시탑 중 어느 하나에 있다고 보고 있어. 대충 이미지가 떠올라?"

하루히로는 그림 도면을 응시한 채로 살짝 끄덕였다. 이제 곧 여기를 공격하는 건가? 왠지 실감이 나지가 않는다.

"다음. 작전의 개요에 관해서." 브리 씨는 한 손으로 검을 만지작거리기 시작했다. 그런대로 무거워 보이는 검인데도 가볍게 다루고 있다. "우리는 날이 밝는 것과 동시에 공격을 개시한다. 본대는 남쪽 정문, 별동대는 둘로 나뉘어 동쪽과 서쪽을 담당하게 되었어. 자, 거기, 겁먹지 마! 괜찮아. 별동대의 역할은 어디까지나 견제와 양동이니까. 먼저 움직이는 건 별동대. 동서부터 공격하기 시작해서 적이 방어에 착수하려고 할 때 본대가 정문으로 밀어붙여 단숨

드 헤드 감시 보루 주변 지도

head Watching Keep

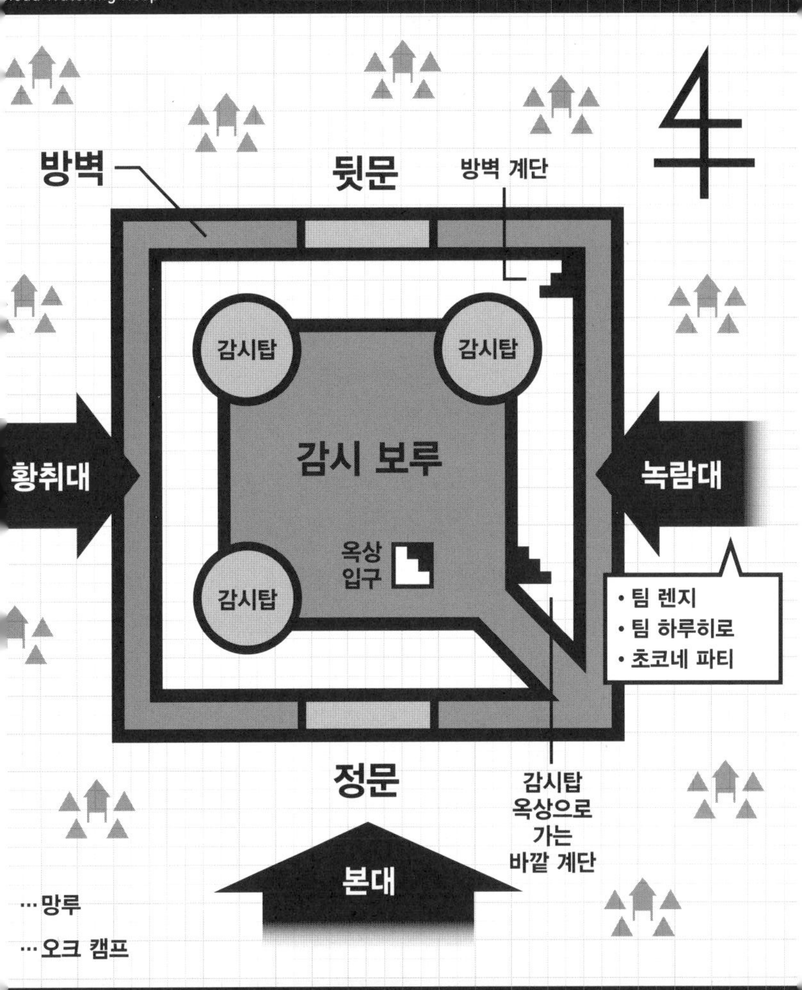

- 보루 주변에는 망루를 중심으로 한 캠프가 점점이 있고 각각의 캠프에는 두 명에서 다섯 명의 오크가 있다.

- 보루를 둘러싼 방벽의 높이는 정문이 있는 남쪽이 약 6미터, 동쪽과 서쪽은 약 4미터, 뒷문이 있는 북쪽은 약 5미터.

에 돌파하는 거지. 둘로 나뉜다고 했지? 동은 20파티. 이쪽은 내가 지휘를 할 테니까 녹람대(綠嵐隊)라고 부르기로 할게. 왠지 알겠지? 내 멋진 머리 색깔에서 딴 거야. 서는 17파티, 그쪽은 카지코에게 맡긴다. 그래서 이름은 황취대(荒鷲隊). 어때? 나쁘지 않지?"

카지코는 한쪽 눈썹을 올렸다. "음. 나쁘지 않아."

"부대 편성은 내가 이미 생각해뒀어. 잘 들어. 녹람대 파티만 가리킬 테니까. 괜찮지? 자, 자기. 그리고 자기, 자기, 자기, 자기, 자기, 자기, 자기, 자기, 자기, 자기, 자기, 자기, 자기, 자기, 자기, 자기, 그리고 렌지."

"그래."

"자기네 파티도 이쪽이야. 유감이지? 카지코."

"누가." 카지코는 브리 씨를 노려본다. "죽고 싶어? 브리트니?"

"아니. 죽으면 멋진 남자를 품을 수 없잖아." 브리 씨는 질척하고 뜨거운 시선을 렌지에게 쏟아 붓는다. "안 그래? 렌 · 지."

렌지는 전혀 표정이 변하지 않는다. 브리 씨의 저런 눈길을 받으며 무표정을 유지할 수가 있다니 그것만으로도 대단하다. 아무런 상관도 없는 하루히로까지 소름이 끼칠 정도다. 쉽게 말하자면 끔찍하다.

"음훗." 브리 씨는 징그럽게 의미심장한 웃음을 짓고 나서 하루히로를 보았다. "그리고 자기."

"아…, 네."

"마지막" 이라며 브리 씨는 초코네 파티의 상큼 군을 가리켰다. "자기. 이걸로 20 파티. 나머지는 카지코네 황취대야. 알겠어?"

의용병들이 각각 대답했다. 이의를 제기하는 자는 한 명도 없는 것 같다. 만약 마음에 들지 않더라도 브리 씨한테 거역하기란 상당한 용기가 필요하다. 그야 무시무시할 정도로 끔찍하다.

"카지코는 시계 갖고 있지?"

"음." 카지코는 품에서 반짝반짝 빛나는 은색 회중시계를 꺼내 보인다.

"어머나." 브리 씨는 손에 든 회중시계 같은 것을 보이려다가 그만둔다. "좋은 걸 갖고 있네, 자기. 아이 참. 내 것이 고물 같잖아."

카지코는 코웃음을 쳤다. "실제로 고물 아닌가?"

"그랬겠다. 이래 봬도 오래 되었으니까 비싸다고. 작동하는 건 좀 시원치 않지만. 아무튼, 시계가 있다면 타이밍은 괜찮겠네. 개시 시각은 나중에 가르쳐줄게. 그럼 작전 진행에 관해서. 작전이 시작되면 우리는 닥치는 대로 캠프를 제압하면서 방벽을 향해 돌진할 거야. 오크가 있는 캠프는 전부 박살낼 것. 우물쭈물하다가는 캠프에서 오크가 나와서 포위될 수도 있으니까 가급적 빨리 박살내는 거야. 이게 제1단계."

모구조가 힘차게 고개를 끄덕였다. 너무 부담 갖지 않도록 조절해줘야겠다.

브리 씨는 검으로 도면의 방벽을 가리켰다.

"제2단계는 방벽에 도착해서 공격을 감행하는 것. 적은 아마도 화살로 반격하겠지만 도적대의 정찰에 의하면 수비를 맡은 오크의 수는 200 정도라고 해. 대단한 숫자가 아니니까 그렇게 겁낼 것 없어. 그렇긴 해도 잘못 맞으면 즉사할 수도 있어서 방패를 마련했으니까—." 브리 씨는 턱을 까딱거려 옆에 쌓아놓은 판때기 같은 것을 가리켰다. "출발하기 전에 각자 갖고 가. 방패는 쓰고 버려도 상관없어.”

“통이 크네!”

란타가 히죽 웃었으나 브리 씨는 무시했다.

“—그런데, 우리는 문이 없는 방벽을 공격하는데, 사다리를 걸고 단숨에 올라가기로 했어. 물론 그러기 위해 사다리도 준비해놨어. 그러니 사다리 담당이 필요하지. 현지까지 사다리를 운반하고 조립해서 그 방벽에 걸치는 것까지가 임무야. 사다리는 내 녹람대와 황취대가 각각 네 대씩. 황취대의 사다리는 카지코가 결정하는 걸로 하고, 우리 녹람대의 영광스러운 사다리 담당은….”

불길한 예감이 들었다.

어찌 된 영문인지 좋은 예감은 항상 빗나가는데 나쁜 예감은 꼭 맞아떨어진다.

예상대로였다.

브리 씨는 곧바로 하루히로와 상큼 군을 가리켰다. “자기네랑 자기네 파티가 맡아줘.”

“네에에에에에에에에에에에에에에에에에에엥—?” 란타의 입술이 비뚤어질 정도로 입꼬리가 처졌다. “왜 우리가 그런 걸 해야 하는 거야? 안 그래도 방패 같은 걸 들어야 하는데! 설상가상으로 사다리까지 짊어지고 갈 수가 있겠냐고?”

…란타. 너, 배짱 한 번 좋다.

하루히로가 말하기 전에 브리 씨는 검을 뽑더니 그 끝을 란타의 목덜미에 들이댔다. “지휘관은 바 · 로 · 나. 불만이 있다면 돌아가. 당연히 선금은 반환하고.”

“…도, 돈은 못 돌려줘! 그게 아니라… 돌려줄 수가 없어.” 란타는 눈을 내리깔고 흣—하고 코웃음을 쳤다. "전부… 다 썼으니까."

하루히로는 쓰러질 것 같았다. "—벌써?!"

"시끄러워! 내가 받은 돈이니까 내 거다! 어디다 쓰든 내 마음이잖아!"

"그야 그렇지만…."

"그렇다면." 브리 씨는 검 끝으로 란타의 턱 밑을 콕 찔렀다. "얌전히 말을 들어. 거역하고 먹튀한다면 자기는 그 순간부터 현상수배자야."

"수배자…?! 머, 멋지잖앗! 아니, 그래도 살짝 위험할 것 같은데…?"

시호루가 고개를 설레설레 저었다. "살짝이 아니야…."

메리의 눈길은 얼음조각을 연상시킨다. "완벽하게 위험해."

"저기 말이야." 브리 씨는 검을 도로 물리더니 빙글 돌렸다. "사다리 담당은 엄청나게 중요한 임무거든? 보루에 도착할 때까지 극력 전투를 피해야만 하지만 막상 그때가 오면 방벽에 돌진해서 짠—하고 사다리를 거는 거니까, 멋있고."

"멋있다…." 란타는 음미하는 것처럼 그 단어를 읊어보더니 쿠후후—하고 추하게 얼굴을 일그러뜨린다. "—뭐, 그런 거라면. 어쩔 수 없지. 해보지 뭐. 그런 중요한 임무는 역시 나 정도 급이 되지 않으면 무리일 테니까."

"우리도 하는 건데" 라고 초코네 파티의 키다리 군이 느릿한 말투로 딴죽을 걸었다.

"입 다물어!" 란타는 키다리 군을 찌릿 노려본다. "그건 그거고 이건 이거다! 아니, 그게 아니라, 너 우리 후배잖아! 선배님이 좋은 기분에 취해 있을 때 방해하는 게 아니야! 문어대가리!"

"문어대가리 아닌데."

"그럼 오징어냐?!"

"됐어…, 뭐든."

"우화하하하하하하하하하하핫! 이겼다…! 내가 이겼다…!"

초코네 파티의 짧은 머리 씨가 먼발치에서 바퀴벌레를 보는 듯한 눈으로 란타를 보고 있다. "최악…."

하루히로는 두 손으로 얼굴을 가렸다. "이제 더 이상 창피한 짓 그만해…."

아무튼 하루히로 일행과 초코네 파티가 사다리 네 대를 운반해야 한다. 이럴 땐 선배임을 과시하며 한 대 더 많이 운반해주고 싶긴 하지만 그건 역시 무리다. 두 대씩이 타당할 것이다.

사다리는 길다. 2미터 좀 넘는 사다리 두 대를 조합해서 4미터가 넘는 긴 사다리가 완성된다. 즉, 실제로는 2미터 남짓한 사다리를 여덟 대 운반할 필요가 있는 것이다.

하루히로, 란타, 모구조가 한 대씩. 여자들 셋이서 한 대. 이러면 될까?

초코네 파티는 남자 넷에 여자 둘의 편성이라 남자들이 한 대씩 운반할 모양이다.

여기에 더해서 방패까지 들어야 하는 거니까 제법 중노동을 하는 셈일 것이다. 왠지 도착하기도 전에 지쳐버릴 것 같다.

"자—, 그럼." 브리 씨는 허리를 숙이고 엉덩이를 쭉 뺐다. "보루 안으로 돌입하는 것과 적 소탕은 주로 본대가 하겠지만, 일단 적 전력에 관해서도 설명해둘게. 아까도 말했지만 예상되는 오크의 수는 200 정도고 그 대부분이 젯슈라는 씨족의 오크 같아. 그들은 머리를 검게 물들이고 얼굴에 붉은 문신을 했어. 무장도 대개 통일되어 있어서, 가하리라는 외날 검과 모피를 붙인 방패, 빨간 투구와 갑옷, 활 정도를 갖췄다고 하네. 최전선에 나와 있는 만큼 젯슈 씨족의 오크는 결코 약하지 않아. 단, 캠프의 오크들은 씨족이 제각각이라 결속력도 강하진 않을 거야."

방벽에 긴 사다리를 걸 때까지가 승부다. 별동대의 임무는 견제와 양동. 사다리를 걸고 방벽에 올라갈 수 있는 상태로 만들어버리면 상대는 우왕좌왕하겠지.

그렇게 생각하면 확실히 사다리 담당은 책임이 중대하다. 전투를 피해야 한다, 즉 싸우지 않아도 되는 거니까 말단 의용병인 하루히로 일행과 초코네 파티에게 맡긴 것이겠지만, 실패하면 큰일이다.

"키퍼(보루지기)는 젯슈 씨족장 조란 젯슈야. 조란이는 한눈에도 알 정도로 체격이 좋고 긴 머리를 검정과 금색으로 나눠서 물들였어. 쌍검을 쓴다는 정보가 들어와 있어. 조란이의 측근 20명 정도의 오크는 상당한 숙련자인 모양이야. 그리고 주술사 몇 명이 있을 거야. 오크의 주술사는 경장이고 갑옷이나 투구를 쓰지 않았으니까 구분하긴 쉽겠지만, 상대해본 적이 없는 사람도 꽤 있을 테니 주의해. 오크의 주술은 염력과 벌레가 주체야. 마법과는 꽤 달라서 주문을 읊는다거나 손짓발짓으로 뭔가 하거나 하지 않으니까 나오는 게 빨라. 골치 아프니까 만약 주술사를 발견하면 최우선적으로 해치울 것. 그리고…, 그렇지, 봉화 오르는 것을 봐야 해."

"봉화." 유메가 고개를 갸웃거린다. "조르는 것?"

"그래, 조르는 거야…. 목을 졸라. 숨을 쉬지 않아. 혹시… 죽은 거야?! 도대체 누구 짓이야?! 누가 죽인 거야? 이 살인자—가 아니라, 그런 이야기 하는 게 아니잖아! 정말이지! 나도 모르게 옆으로 샜잖아! 어떻게 해줄 거야? 다들 싸늘하게 무반응이고!"

"혹시나 유메한테 화내는 거야? 그런 거야?"

"…화낸 거 아니야. 그렇게 어른스럽지 못한 행동을 내가 할 리가 없잖아?"

"그런가? 하지만 브리 씨, 미안요. 유메, 또 그거 했나봐. 브리 씨 말을 꼬리에 올려버렸나봐."

"잠깐, 자기. 말을 꼬리에 올리고 있을 때가 아니야. 말은 꼬리를 잘라야지. 아니, 자르지 않아도 되지만."

"자르지 않아도 된다면 어떻게 하면 좋은 건지 유메는 궁금하네."

"내버려둬! 잠자코 나한테 말 좀 하게 해! 자기 같은 아이 싫지는 않지만 내가 휘말리게 되니까 지금은 잠자코 있어! 부탁이야! 입에 지퍼를 찍 채워!"

"찍."

"오케이. 그럼 봉화 이야기였지? 데드 헤드 감시 보루는 대규모 공격을 당하면 그 사실을 봉화로 리버사이드 철골 요새에 알리려고 해. 이번에도 아마 금방 봉화가 오르겠지. 하지만 그쪽에서도 동시에 공격이 시작돼. 요청해도 원군은 오지 않아. 그러니까 봉화가 올라도 동요하지 말 것. 뭐, 대충 됐나? 여러 가지를 이야기했지만 어지간히 실수를 하지 않는 한 이길 거야. 키퍼와, 이름이 알려진 주술사에게 걸려 있는 현상금도 자기들 별동대한테는 상관없겠지.

어쨌든 어려운 싸움이 아니야. 경험치가 다소 낮은 아이들도 안심해."

브리 씨는 그야말로 하루히로네에게 말하고 있는 것임에 틀림없다. 안심까지는 할 수 없지만 생각했던 것보다는 힘들지 않을 것 같다는 생각이 들기 시작했다. 어쩌면 여기에서 6킬로미터 떨어진 데드 헤드 감시 보루까지 사다리와 방패를 운반하는 것이 제일 난관이 아닐까?

"그렇긴 해도!" 갑자기 브리 씨가 험악한 목소리를 냈다. "상대는 우리의 천적 노라이프 킹이 죽은 지금, 언데드를 누르고 이 변경에서 최대의 세력을 자랑하는 오크야. 방심했다간 반격을 당하는 정도로는 끝나지 않아. 금방 죽는다고."

하루히로는 마른침을 삼켰다.

들었다가 놨다가.

그런 수법인가?

하지만 유효한 것 같기도 하다. 실제로 하루히로도 다소 낙관적이 되었다가 그 상태에서 갑자기 끌려 내려옴으로써 몸도, 마음도 딱 알맞게 긴장이 되었다.

브리 씨는 핑크색 혀로 검은 입술을 날름 핥았다.

"뭐, 그런 거니까, 기합 넣고 갈까? 새끼 고양이들."

10. 졸업

이제 곧 날이 밝는다.

누구 하나 입을 여는 자는 없다.

꼼짝도 하지 않는다.

숨소리조차 가급적 억제하고 있다.

그런 가운데, 바보 란타가 손으로 입을 막고서 몸을 앞뒤로 흔들고 있다. 혹시나 재채기가 나오려는 건가? 재채기가 나올 것 같은데 참는 건가? 농담이지? 뭘 하는 거야?

위험하다.

좋지 않다니까.

나올 것 같다.

나온다.

—아니.

간신히 참은 모양이다. 하루히로는 살며시 안도의 한숨을 쉬었다. 다행이다. 그 순간, 다시 튀어나온 모양이다.

"에취."

결국 재채기를 참지 못한 란타에게 수십 개의 시선이 꽂혔다.

그런데 란타는 주위의 의용병들을 둘러보고 사과한다기보다는 자, 자, 진정해—라고 말하는 것 같은 몸짓을 해 보였다. 전혀 미안한 기색이 없다. 도대체 신경이 어떻게 생겨먹은 거야?

하루히로는 폐품의 산더미에서 얼굴을 내밀고 여기저기에 있는 캠프를 보았다. 캠프는 대개 하나의 망루와 한 개나 두 개, 가끔씩은 세 개의 텐트로 구성되어 있다. 망루 위에는 오크가 있는 곳도 있고, 없는 곳도 있고. 보아하니 움직임은 없는 것 같다. 재채기 소리는 들리지 않았다는 건가? 살았다.

해는 아직 뜨지 않았지만 벌써 꽤 밝다.

브리 씨, 즉 브리트니가 이끄는 녹람대는 데드 헤드 감시 보루 바깥 테두리의 동쪽, 원래 캠프였던 것으로 보이는 목재며 천 조각이며 바위들 사이에 숨어 숨을 죽이고 있다. 오크의 캠프는 의용병들에게 습격당해서 망가지면 새로 만들기를 몇 번이고 반복했기 때문에 이렇게 숨어 있을 장소는 많다.

그렇긴 해도 슬슬 오크에게 들키지 않을까 싶어 제정신이 아니다.

조바심도 난다.

기다리기란 힘들다. 차라리 빨리 시작해주지 않을까? 그러는 편이 개운하겠다.

멀리 보이는 보루는 세 개의 감시탑이 마치 뿔처럼 흉흉하다. 방벽은 돌로 만들어졌고 이음새나 틈새를 뭔가 거무튀튀한 재료로 메운 것 같다. 붉은 도료로 뭔가 글자 같은, 문양 같은 것이 그려져 있다. 금속이며 나무며 유난히 삐죽삐죽하게 튀어나온 것은 장식이 아니라 방어 효과를 노린 것이겠지. 동과 서의 방벽은 높이 4미터였던가? 엄청나게 높은 것은 아니지만 저 높이라면 기어 올라갈 수 있을 것 같지는 않다. 역시 사다리가 필요해 보인다.

캠프의 망루에는 동물의 두개골, 그리고 아직 두개골이 되지 않은 말라붙은 머리가 막대기에 꽂혀 걸려 있기도 하고 줄줄이 놓여 있기도 했다.

인간의 뼈와 머리도 보아하니 포함된 것 같다.

그래서 죽음의 머리=데드 헤드인가?

저렇게 되고 싶지는 않다. 불현듯 그렇게 생각했다.

아니, 안 될 거거든?

하루히로는 들고 있던 사다리의 감촉을 확인했다. 무겁네, 이거. 중량 자체보다는 각이 져서 어쩔 수가 없다. 화살을 피하기 위한 네모난 방패는 끈으로 묶어 등에 짊어졌다. 이것도 또한 성가시다.

—그때, 브리 씨가 일어섰다.

금색 회중시계를 보고 있다. 한 번 끄덕인다.

브리 씨는 손을 들었다.

드디어다. 하루히로는 숨을 들이켰다.

브리 씨가 손을 내렸다. "작전 개시야…!"

동시에 어딘가에서 환성이 솟구쳤다. 본대인가? 아니면 황취대인가?

"돌격…! 캠프를 박살내라…!"

브리 씨의 호령 아래에 의용병들이 차례로 폐품의 산더미에서 뛰어나가 우르르 오크의 캠프를 덮친다.

"가, 가자! 우리도…!"

목소리가 들떴다.

하루히로는 사다리를 들고 녹람대 꼬리 쪽에서 진군했다.

"빛이여, 루미아리스의 가호 아래에… 프로텍션!"

메리가 마법을 걸었다. 왼쪽 손목에 빛나는 육망이 떠오르더니 몸이 가벼워졌다.

다른 사람들은? 다들 있다.

달린다고 달리는데도 늦다. 사다리 때문이다. 뛰기 힘들다니까.

아—.

뭔가 꽤 긴장한 건지도?

내가 뭘 하고 있는 건지 갑자기 알 수 없게 된다.

초코는 괜찮을까? 어디에 있는 건가? 지금 그럴 때가 아닌가?

하지만 다들 대단하다. 차례로 오크가 쓰러진다. 화열마법인가? 텐트가 불탄다. 망루를 쓰러뜨리는 의용병도 있다. 순식간에 캠프를 공략한다. 제일 선두는 어디까지 나간 건가? 안 보여서 잘 모르겠다. 설마 아직 방벽에는 도달하지 못했을 거라고 생각하는데. 혹시나 서둘러야 하는 건가? 하지만 무리인 건 무리다.

"봉화가 오른다…!" 메리의 목소리가 들렸다.

돌아보니 메리가 보루 쪽을 가리키고 있다.

그곳을 보니 세 개의 모서리의 보루에서 진회색의 가느다란 연기가 피어올랐다. 구원 요청. 하지만 지금쯤 리버사이드 철골 요새도 공격을 당하고 있을 것이다. 원군은 오지 않는다.

"저기 멀리에서도 연기가 피어오르네!" 유메가 말했다.

정말이다.

서쪽에서도 연기가 몇 줄기나.

어떻게 된 거지? 그건가? 중계? 데드 헤드 감시 보루 이외에도 봉화를 피우는 장소가 몇 개 있는 건지도 모른다. 리버사이드까지 40킬로미터 정도 된다고 하니까 여기에서는 보이지 않을지도 모르고. 하지만 왠지 연기가 두 개씩 올라가는 것 같은데? 그런가. 알았다. 데드 헤드뿐만이 아니다. 리버사이드도 공격을 당하고 봉화를 올린 것이다. 분명 양쪽 다 자기들이 공격당하고 있다는 것을 상대방에게 전하려는 것이다.

하지만, 만약 그렇다면, 데드 헤드의 오크들은 리버사이드에서 오는 원군을 기대할 수 없다는 걸 깨달았다는 뜻이다.

원군이 온다고 생각했으면, 오크들은 그때까지 피해를 최소화하고 시간을 벌려고 했을 것이다.

그게 안 된다면 어떻게 할까?

죽을 각오로 저항하려고 하지 않을까…?

뭐, 그 정도는 윗사람들이 제대로 생각했겠지. 말단이 신경 쓸 일이 아니다. 하루히로 일행은 자기 임무만 확실하게 해내면 되는 것이다.

즉, 사다리 담당이다.

아군이 캠프를 박살내면 방벽에 사다리를 건다.

이미 주위 캠프는 거의 박살난 것 같다.

초코네 파티는 뒤에 있었다. 하루히로 일행보다 뒤처졌다.

할 수 있겠는데, 이거.

곧바로 부정했다. 그렇게 간단히 풀릴 리가 없다—고나 할까.

누구야? 제대로 처치 못하고 놓친 게. 오크다. 둘. 이쪽으로 달려온다.

이쪽이라기보다는.

초코네 파티 쪽으로 향한다.

"오, 오크다…! 둘이 온다…!"

하루히로가 목청껏 외쳐 경계를 촉구하자 초코네 파티는 멈춰서서—어? 멈춰 서면 어떻게 해? 그들도 어떻게 해야 할지 모르는 모양이다.

"읏!" "위험햇." "잠깐, 사다리…!"

큰일이다. 상당히 위험하다. 틀렸다. 초코네 파티는 우왕좌왕하기만 하고 저래서는 반격도, 도망치는 것도 제대로 할 수 없다.

"사다리를 반이나 잃을 수는 없어! 도와야 해! 오크는 우리가 해치우자! 사다리와 방패는 일단 내려놓고…!"

"으, 응!" 모구조는 사다리를 바닥에 내던지고서 등에 차고 있던 방패를 풀었다.

"오케이!" 란타도 이런 때에는 잽싸다. "드디어! 동정 졸업이다…!"

"후냥!" 유메가 버린 방패를 시호루가 주워 자기 방패랑 같이 챙겨놓는다.

메리는 발치에 사다리를 내려놓고 하루히로에게 끄덕여 보였다.

"마법은 우선은 보존해줘…!"

하루히로는 외치면서 달렸다. 우선은 오크의 역량을 측정한다. 앞으로 갈 길은 아주 길지도 모르니까.

우왕좌왕하는 초코네 사이를 빠져나가 모구조가 오크 A에게 덤벼들고, 란타가 오크 B를 향해서 돌진했다.

오크들의 장비는 비늘 같은 갑옷에 안면 이외를 다 덮은 투구, 투박한 검. 투구에서 비어져 나온 머리카락은 오크 A는 노란색이고 오크 B는 빨갛다. 피부는 녹색이다.

하루히로는 유메와 눈짓을 교환하고 오크 B의 옆과 뒤를 차지하려고 했다.

크네, 오크.

키는 그리 크지는 않다. 하루히로보다는 크고 모구조보다는 작은 정도인가? 하지만 두께와 폭이 다르다. 좀 과장되게 말하자면 둘레가 인간의 두 배 정도 될 것 같다.

전체적인 인상으로는 모구조보다 한 둘레 더 크다.

모구조도 186센티미터나 되는 거한인데도 그보다도 한 둘레 더 크다니.

게다가 아마 이게 보통 오크일 것이다.

오크는 그림갈 변경의 최대 세력이라고 하는데, 납득이 간다. 보기에도 강해 보이고, 겉보기만 그런 것이 아니라 실제로 세다.

란타는 물론 오크 B에게 밀리고 있고, 똑바로 후퇴하는 이그저스트(배출계)로 도망만 치고 있다. 그렇게 되면 당연히 오크 B는 란타를 쫓아가기 위해 이동한다. 하루히로와 유메는 오크 B를 뒤쫓아 움직여야 하기 때문에 뒤나 옆자리를 차지할 여유는 없다.

모구조도 우세라고는 말하기 힘들다. 나름대로 공격을 받아 간신히 갑옷으로 막고 있는 상황이다. 하긴 갑옷으로 막는 것도 방어에 들어가니까 호각이라고 하면 그렇게 말할 수도 있나? 보기에는 오크 A 쪽이 다소 유리하다.

근력인가?

저 체격이다. 오크는 인간보다도 근력이 세다. 근력은 팔 힘만이 아니라 다리 힘에도 영향을 받는다. 근육만큼 몸이 무겁다고 해도 빨리 달릴 수가 있고 높이 뛰어오를 수도 있겠지. 덩치가 크다고 해서 둔할 거라고는 말할 수 없다. 민첩함도 근력과 관계가 있는 것이다.

오크의 얼굴은 코가 납작하고 입이 크고 멧돼지 같은 뿔이 있다. 인간인 하루히로 입장에서 보면 미형은 아니다. 뭐, 추악하다고 하면 그리 말할 수도 있지만, 별로 머리가 나빠 보이지는 않는다. 망루의 조합 방식이나 텐트의 의장 하나만 봐도 충분히 지성이 느껴진다. 망루의 두개골이나 머리는 야만적이기 그지없지만, 인간족과 오크는 대립하고 있는 것이다. 오크가 인간족을 위압하기 위해 한 짓이라면 이해 못할 것도 없다.

육체적으로는 오크 쪽이 인간족보다 위고, 지적 능력으로도 우열을 가리기 힘들다.

그렇다면, 단순히 전투 능력으로만 보자면 오크는 인간보다 강한 것 아닐까?

"겁먹지 마!" 메리가 외쳤다. "익숙해지면 대등하게 싸울 수 있어…!"

그렇다.

적어도 그렇게 생각해야 한다.

마음에서 지면 이길 수 있는 것도 이기지 못하고 만다.

"메리 말이 맞아…! 우리는 아직 오크의 움직임에 익숙하지 않아! 그것뿐이다! 모구조, 너라면 할 수 있어! 할 수 없을 리가… 없어…!"

"움머…!"

모구조가 공격으로 전환했다. 아니, 그보다 지금 그건 스킬이다. 중장식 전투술의 스틸 가드. 모구조는 오크 A의 검을 어깨의 장갑으로 튕겨냈다. 그리고 오크 A가 자세가 무너졌을 때 식칼검 더 초퍼를 쑤셔 박는다. 상대방이 방어해도 계속 내리친다.

주춤거리는 오크 A를 보고 오크 B의 발걸음이 신중해졌다.

하루히로는 란타와 눈이 마주쳤다.

"—말 안 해도 알아…!"

란타는 오크 B가 거리를 좁혀 와도 이그저스트로 도망치지 않았다. 방금 전까지보다 오크 B의 접근이 어설프다.

"이야앗!"

리젝트다.

란타는 오크 B를 밀어내고 곧바로 앞으로 나섰다.

"앵거…!"

좋은 찌르기라고 생각했는데.

오크 B는 몸을 틀어 피했다.

하지만 아슬아슬했다. 아깝다. 조금만 더 옆으로 갔으면 맞았는데.

"알고 있다고! 나는 무적이라니까…!"

"언제부터 무적이 된 거냐…?"

뒤다.

오크 B가 하루히로의 등을 노리고 있다.

예의 선이 보이지 않는다.

스파이더로 가려고 했는데, 직전에 오크 B가 눈치채고 피했다. 하지만 이쪽은 혼자서 하는 게 아니거든.

"에이얏! 타앗…!"

유메가 잡초 베기, 사선 십자의 콤보로 공격했다. 오크 B는 유메의 헌팅 나이프를 챙강—튕겨내고 반격하려고 했다.

"웅냣."

유메는 구멍쥐처럼 굴러서 도망쳤다.

오크 B는 곧바로 추가공격을 하려고 했으나, 이쪽은 한 명이 아니다.

"이얍, 이얍, 이얍!"

란타가 롱 소드를 휘둘렀다. 거의 오크 B에게 부딪칠 것 같은 기세다. 그 사이에 유메는 자세를 바로잡았다. 하루히로도 뒤를 살피고 있다. 오크 B는 여유가 사라졌다. 확실히 초조해하고 있다. 조금만 더.

그 조금의 타이밍이 왔다.

"참으로…!"

모구조가 참으로 베기를 오크 A의 어깻죽지에 내리꽂았다. 오크 A는 쓰러지지는 않았다. 하지만 비틀거렸다. 제대로 검도 쓸 수 없다. 시간문제다.

오크 B는 낭패한 기색이 역력했다.

하루히로는 오크 B의 바로 뒤에 있어서 그 표정은 알 수 없다. 그래도 동요한 빛이 분명히 보였다.

백 스태브.

조용히 거리를 좁히고, 대거를 쑥 박았다. 그 선이 보이지 않은 것치고는 대거의 날이 막힘없이 오크 B의 비늘 갑옷을 찢고 살까지 도달했다.

치명상은 아니다. 그렇게 생각했다.

하지만 충분하다.

하루히로가 펄쩍 뛰어 떨어지자 유메가 오크 B에게 두 번, 세 번 헌팅 나이프를 내리꽂았다. 헌팅 나이프는 롱 소드보다 짧지만 그런 것치고는 무게가 꽤 있다. 완전히 베지는 못했지만 타격으로서의 대미지는 나름대로 주었을 것이다. 오크 B는 휘청거렸다.

"헤이트리드…!"

사정거리 밖에서부터 뛰어 들어온 란타를 오크 B는 피할 수가 없다. 어깻죽지다. 란타의 롱 소드는 오크 B의 갑옷 위를 스슥 미끄러졌다.

저건 일부러 그런 건가?

란타는 튼튼한 비늘 갑옷을 찢는 것이 아니라 손목을 돌려 얼굴을 노린 모양이다. 하지만 저 결과는 그저 요행이겠지. 의도적으로 했다고는 생각할 수 없다.

롱 소드는 오크 B의 투구를 고정한 턱의 끈을 절단하고 투구에 걸렸다.

투구가 벗겨졌다.

"짜잔…!"

란타는 거무스름한 바시네트를 쓰고 있다. 바이저를 내려 얼굴을 숨기고 있지만 아마도 지금 혀를 날름 내밀고 있겠지.

란타는 오크 B의 머리를 롱 소드로 벤다기보다 때렸다. 마구 때린다. 오크 B는 곧 서 있을 수 없게 되었다. 쓰러져도 란타는 가차 없었다. 손을 멈추려고 하지 않는다. 모구조가 두 발째의 참으로 베기로 오크 A를 쓰러뜨렸다. 오크 B는 이미 움직이지 않는다. 란타는 그제야 공격을 멈췄다.

초코네 일행은 질린 얼굴로 물러서 있다.

하지만 하루히로는 란타를 비난하지 않았다. 보고 있으면 결코 기분이 좋지는 않지만 란타는 잘못하지 않았다. 잔혹하긴 해도 적의 숨통을 확실하게 끊어놓아야 한다. 그리고 생물은 질기다. 죽을 때에는 너무 간단히 죽으면서도 때로는 죽을 만한 부상을 당해도 맹렬하게 역습을 감행하기도 한다.

"큭큭큭…!" 란타는 롱 소드를 치켜들었다. "바이스, 획득…! 마침내, 동정 졸업…! 축하한다, 나…!"

그렇구나.

게다가 부상자 제로.

메리와 시호루에게 마법을 쓰게 하지도 않았다.

"해냈다!" 유메가 점프했다. "유메네, 좀 굉장하잖아?!"

란타가 카하하하핫—하고 웃었다. "너는 절벽일 뿐이다. 뛰어봤자 조금도 흔들리지 않잖아. —아얏, 주먹으로 때리지 마!"

"맞을 짓을 하잖아."

모구조가 "—응차…!" 하고 V자를 그리면서 끄덕였다.

시호루는 조심스럽게, 그래도 기쁜 듯한 웃음을 띠고 있다. 메리는 안도한 것 같다.

북받쳐 오르는 느낌이 없는 것은 아니다.

있다.

그것은 발끝에서 올라와서 하루히로의 가슴을 간질이며 뒤집히더니 머리꼭대기까지 도달해서 도취하게 만들었다.

솔직히, 한동안 이 기분에 취해 있고 싶다.

"끝내준다…." 초코네 파티의 상큼 군이 중얼거렸다.

"역시 선배." 실실남의 말은 듣기에 따라서는 비꼬는 것으로도 들을 수 있지만, 꼭 그렇지도 않은 모양이다.

"사, 살았다…." 신관 군은 주저앉아 있다. 상당히 겁에 질렸던 모양이다.

"우와…." 짧은 머리 씨는 약간 멍한 상태다.

초코는 하루히로 쪽을 보고 있었다. 짧은 머리 씨와 마찬가지로 멍한 표정이다. 입이 살짝 벌어져 있고.

나쁘지 않은 기분이다.

그걸 키다리 군이 박살냈다.

"뭐, 다들 여기저기에서 오크를 쓰러뜨리고 있긴 하지만."

"어이이이이이이이이이이이이이이이이이잇!" 란타는 오크의 피로 범벅이 된 롱 소드 끝을 키다리 군에게 향했다. "너 말이야! 사람이 자랑스러운 기분에 빠져 있는데 찬물 끼얹지 마! 물 뿌리는 영감이냐?"

"…그렇게 나이 먹지는 않았는데. 그보다 그게 누구야? 물 뿌리는 영감이라니."

"내가 어떻게 알아!"

"당신이 말했잖아."

"시끄러워! 시끄럽다고! 키 좀 크다고…!"

"란타! 이제 그만해!"

분위기 파악을 못하는 키다리 군도 문제라고 보지만 의기양양해 있을 때도 아니다. 하루히로는 사다리와 방패를 버린 장소를 향해 달렸다.

"—어서 가야 해! 사다리 담당…!"

서둘러 방패를 등에 메고 사다리를 다시 들었다.

이미 적지 않은 수의 의용병이 방벽에 접근한 모양이다.

하루히로 일행은 달린다. 달린다.

초코네 파티도 따라온다.

지나치는 캠프는 전부 무인이다. 오크의 시체밖에 보이지 않는다.

유메가 "우화와…!" 라고 말한 줄 알았는데, 그게 아니라 "화살이야…!" 라고 말한 모양이다.

방벽 위에 오크들이 죽 늘어서서 활을 겨누고 있다. 그냥 겨누고 있는 게 아니다. 화살을 쏜다.

"이, 이크! 방패…! 화살이…! 다들 방패를…!"

화살은 하늘에서 쏟아진다. 하루히로는 방패를 우산처럼 들었다. 방패를 지닌 채로 사다리를 운반하기란 힘들었지만 어쩔 수 없는 일이었다. 화살의 수는 그리 많지는 않았지만 그래도 몇 개는 여기까지 날아오니까. 맞으면 죽을지도 모르니까.

"사다리…! 빨리 와…!" 방벽 쪽에서 의용병이 소리쳤다.

"영차!"

돌진하려는 란타를 말렸다.

"조립하고 나서 가야지…!"

"—우웃! 그렇지!"

"메리, 유메, 시호루, 방패로…!"

세 사람이 방패를 나란히 들고 그 밑에서 사다리를 조립했다. 요철을 짜 맞추고 못을 박는 것이다. 손이 떨린다. 화살이 방패에 박히는 소리가 들렸고, 시호루가 "힉…" 하고 작은 비명을 흘렸다. 힘이 잘 안 들어간다.

"이리 줘봐!"

모구조가 하루히로에게서 망치를 낚아채서는 차례로 못을 박았다. 누르기도 하고 잡아당겨보기도 한다. 괜찮아—괜찮을 것이다.

"좋았어, 가자…!"

완성된 긴 사다리 두 대는 둘 다 전체 길이가 4미터 이상 된다.

혼자서는 운반할 수 없다. 하루히로와 란타, 모구조와 유메가 한 조가 되어 한 대씩 들기로 했다.

오크들도 필사적이다. 방벽에 가까워짐에 따라 화살 숫자가 늘어났다. 기세가 더해진다. 방패에 화살이 파바바박 박힌다. 아니— 우릴 노리고 쏘는 거 아니야?! 이거…?!

“우우우우우와. 위험, 위험, 위험, 위험해…!”

“오오오오오오오오오오오오오오오. 겁나네…!”

“움머어어어어어어어어어…!”

“히이이이이이이이이익…!”

“다, 다들… 힘내…!”

“괜찮아! 방패가 있으니까…!”

멈추지 마. 멈추면 안 된다. 1초라도 발을 멈추면 아마 나아갈 수 없게 되어버릴 것이다. 단숨에. 단숨에 가는 수밖에 없어.

큰 목소리로 뭔가 외치면서, 고꾸라질 것처럼 돌진해서, 삐죽삐죽 튀어나온 것이 잔뜩 달린 방벽에 사다리를 걸쳤다.

의용병들이 일제히 함성을 질렀다. 흔들렸다. 진동했다. 마치 승리의 함성 같다. 오크를 쓰러뜨렸을 때보다도 강렬했다. 어떠냐? 어떠냐…! 해냈다! 해냈다, 해냈어! 봐라! 이거 봐라! 뇌에서 분비물이 마구 솟아나온다는 건 이런 느낌인가?

“비켜…!”

렌지가 하루히로를 밀쳤다. 사다리를 올라가려고 한다. 방패 같은 건 들지 않았다. 바로 위에 활을 든 오크들이 있는데도. 무섭지 않은 건가? 엄청난 배짱이다.

“기다려, 렌지!” 브리 씨의 목소리가 날아왔다. “그렇게 서두를

필요는…!"

또 흔들리고, 진동했다.

이번엔 여기가 아니다. 어디냐? 황취대의 서쪽 방벽인가? 아니면—어느 쪽이든 인간의 목소리가 아니다. 분명 오크다. 고함. 그 덩어리, 집합체가 하늘과 땅을 진동시켰다. 저건 혹시나.

"정문 쪽…?!"

11. 변경의 전사

그의 이름은 안토니 저스틴.

명예로운 오르타나 변경군 제1여단 전사연대에 소속된 긍지 높은 전사다.

어디에서나 흔히 볼 수 있는 전사가 아니다.

숙련된 전사다.

안토니는 전사의 명예를 걸고 '쌍두 뱀' 작전에 전사대의 영광된 소대장으로서 참가해서 데드 헤드 감시 보루를 정면으로 정정당당히 공격하려고 했다.

물론 안토니 정도 되는 전사가 전장에 나간다면 최전선이 어울리고, 현재 그는 늠름한 부하들을 이끌고 보루 방벽에 육박하려고 했는데, 내심 약간의 씁쓸함은 있다.

렌 워터.

그 겁쟁이 소심남. 뭐가 성기사야? 뭐가 준장이냐고? 본토 태생의 나약한 놈. 성기사라고 하면 보통은 몸 바쳐 동포를 지키고자 전군의 선두에 서는 것이다. 적어도 변경 태생인 기백 넘치는 성기사라면 그렇게 하겠지만, 그 썩어빠진 짝퉁 성기사 준장은 다르다. 백 명이나 되는 성기사와 몇몇 신관에게 자기 호위를 맡기고 본대 뒤에서 거만하게 버티고 있다. 바보다. 엄청난 바보에 게으름뱅이다. 똥 덩어리다. 뭐가 명문 워터가의 피를 이어받은 남자야? 알 게 뭐야. 죽어라. 뒈져라.

리버사이드 철골 요새 공략을 그래험 라센트라 장군이 지휘하는 것은 당연하다고 해도 본래라면 변경에서 나고 자란, 전사 중의 전사인 이안 라티 준장이야말로 데드 헤드 감시 보루를 공략할 용감무쌍한 본대를 이끌어야 하는 것이다. 렌 워터 따위는 오르타나에 남아서 금방 알을 까고 나온 병아리처럼 떨면서 삐약삐약 처울고 있으면 된다.

실제로 그 녀석은 안토니 일행이 오크 캠프를 유린하고 이렇게 방벽으로 밀려와 쏟아지는 화살의 폭우 속에서 지금 그야말로 파성추를 정문에 때리려고 하는 이 시점까지 아무런 도움도 되지 못했다. 최초에 진군하라고 호령을 했다. 녀석이 한 일이라면 그게 전부다. 그건 어린애라도 할 수 있다.

변경군 소속의 전사는 대부분이 변경조다. 거친 상남자임을 자부하는 변경 출생의 전사들은 본토 출신의 허약한 자들을 완전히 경멸하고 있다. 쓸데없이 자존심만 강하고 제대로 검도 다룰 줄 모르는, 경멸을 당해도 싼 한심한 놈들이기 때문이다.

솔직히 렌 워터 따위를 지휘관으로 모시게 된 시점에서 전사들의 사기는 이미 떨어졌다. 원래 이번 작전에 있어서는 리버사이드 철골 요새야말로 진짜 목표였기에, 이기는 것이 당연한 데드 헤드 감시 보루 공략에 임명된 일로 모두 다소 실망하고 있다. 물론 임무는 완수한다. 보루는 함락하겠지만 이기면 렌 워터의 공이 된다. 그리고 승리 이외의 결과는 있을 수 없다.

렌 워터 놈.

그 똥 덩어리.

이것이 명문가의 힘이라는 건가? 요컨대 그런 것이겠지. 실력이 아니다. 아무것도 하지 않아도 놈에게로 공이 굴러들어가고, 멋대로 쌓인다. 그런 시스템이다.

변경군의 상징이라고도 할 만한 라센트라 장군은 올해 46세. 아직 장년이지만 본토가 장군을 원하는 것 같다는 소문이 분분하다. 제3의 대장군 취임 요청을 고사했다는 말도 있다. 하지만 언젠가는 장군도 본토로 가겠지. 어쩌면 렌 워터는 그 후임자 자리를 노리는 것 아닐까?

장군 다음인 준장은 변경군에 현재 세 명이 있다. 이안 라티 준장과 렌 워터 똥 덩어리. 그리고 언제나 장군 옆에 있는 졸드 혼 준장이다.

상식적으로 생각하면 혼 준장이 장군의 후계자지만, 너무 가까운 사이다. 장군은 혼 준장을 동반하고 본토로 가기를 바랄지도 모른다. 만약 그렇게 되면 라티 준장이 다음 장군이다. 실력으로 보면 틀림없이 그런데, 렌 워터는 똥이니까, 명문가의 힘으로 장군 자리에 앉으려고 획책하고 있는지도 모른다. 있을 수 있는 일이다. 있을 수 없지는 않지만, 똥은 똥일 뿐이다. 어서 본토로 돌아가고 싶다고 생각할지도 모른다. 돌아가버리면 좋을 텐데. 빨리 돌아가. 똥에게는 똥들의 세계가 어울린다.

천룡 산맥 너머, 안토니가 아직 보지 못한 본토에는 인간이 사는 거리가 수십, 수백 개나 있고, 사방에 전원 풍경이 펼쳐져 있고, 가축들이 여기저기에서 느긋하게 쉬고 있다고 한다. 아라바키아 왕국에 복종하지 않는 야만족들이 남부에서 할거하고 있지만 왕국에는 위협이 되지 않고, 전쟁은 가끔씩 일어나지만 병사가 죽는 경우는 좀처럼 없다. 야만족은 대개 야만족끼리 싸우고 때로는 왕국이 중재한다. 왕국은 자비로운 아버지이며 야만족들은 그 자식들 같은 것이다. 본토에서는 산업이 발달해서 사람들은 음악과 가무를 즐기고, 광명신 루미아리스의 가호도 두터워 구석구석 빛이 흘러넘친다. 오르타나에서 유통되는 화폐는 전부 본토에서 만들어지는 것인데, 변경에서 금화 하나의 가치가 있는 것을 본토에서는 은화 10개로 살 수 있다고 한다. 본토는 풍요롭고, 온갖 것들이 존재하며, 가난한 자도 부자 앞에 무릎을 꿇기만 하면 음식물과 옷을 얻을 수가 있다. 본토에서는 무일푼 거지라도 변경군 병사보다 좋은 삶을 살고 있다고 한다.

똥이다.

그런 건 똥싸개나 마찬가지다.

본토의 똥들이 똥싸개 같은 생활을 유지할 수 있는 것은 누구 덕분인가? 안토니 같은 전사가 변경에서 피를 흘리고 있기 때문이다. 예를 들어 오르타나가 함락되면 변경과 본토를 잇는 천룡산맥 아래의 지룡 대동맥도 적에게 발견되어버릴 것이다. 오크나 언데드 족이 우르르 본토로 밀고 들어가 본토는 침략당할 것이다. 덧없이 제압되겠지.

본토는 안토니 일행의 희생 위에 이루어졌다.

사상누각이다.

그러기에 말로만 듣던 본토가 얼마나 근사하든, 설사 지상 낙원이라고 해도 상관없이 똥이라는 것이다.

속마음을 말하자면, 오크나 언데드를 대신해서 안토니가 똥 덩어리 본토를 침략해서 전부 다 약탈해주고 싶다. 그럴 권리는 있을 것이다. 안토니 일행이 직무에 매진하기 때문에 놈들의 재산을 지킬 수 있는 것이고, 놈들은 재산을 만들어낼 수 있는 것이다. 안토니 일행 덕분에 만든 재산인 것이다. 안토니 일행의 것이라고 해도 과언이 아니다.

물론 그런 짓은 하지 않는다.

현실적이지 않다는 이유도 있지만, 안토니 저스틴에게는 전사로서의 긍지가 있다. 술도, 여자도, 맛있는 음식도 좋아하지만 모든 것은 남자의 전장이 있기 때문이다. 이 변경에는 남자의 전투가 있다.

"뒈져라, 렌 워터…!"

안토니가 그렇게 외치며 격려하자, 힘을 합쳐 파성추를 흔들려던 전사들이 활짝 웃었다.

"뒈져라, 렌 워터!" "뒈져라!" "뒈져버려라!" "뒈져라, 렌 워터!" "뒈져버려라!" "뒈져라, 렌 워터…!"

전사들의 목소리가 뒤쪽에 있는 렌 워터의 귀에 들어간다면 나중에 일이 골치 아파진다. 알 게 뭐야. 우리는 의무는 다한다. 전사로서의 의무는. 전사의 긍지를 걸고.

"3, 2, 1 하면 간다…!" 카운트다운을 하는 역할의 전사가 검을 치켜들었다. "3—."

거기부터 다음 목소리는 지워졌다.

고함소리다. 고함소리가 쏟아진다. 오크다.

"오오오오오오오오오오오오오오오오오오오오오오옷슈웃…!"

방벽 위에서 오크들이 뛰어내린 것이다. 떨어진다. 남측 방벽의 높이는 6미터다. 결코 낮지 않다. 하지만 오크들은 용감했다. 두려워하는 기색도 없이 뛰어 바닥으로 내려온다. 그대로 곧바로 아군의 전사를 박살낸 오크도 있다.

본토에서 자란 똥 덩어리들은 무조건 오크나 적대 종족을 깔보는 경향이 있으나, 변경에서 자란 안토니는 그런 나쁜 버릇은 없다. 특히 날쌔고 강직한 오크에게는 일정한 경의를 표하기도 한다.

오크는 튼튼하고, 강인하고, 대담무쌍하다.

거의 머리 위에서 날아오는 화살만 경계하던 아군 전위들에게 10, 아니, 분명 20인 이상의 오크가 덤벼들어—아니, 날아온 것이다.

순식간이었다. 파성추를 움직이려던 전사들이 갈팡질팡하다가 정신도 차리기 전에 오크들의 칼에 쓰러졌다. 방심하긴 했지만 역전의 전사들이 이렇게 간단히 당할 줄이야. 그러나 놀라기에는 아직 이르다.

정문은 아직 열리지 않았다. 저 오크들은 돌아갈 수 없는 돌격을 감행했다. 결사대. 죽음의 병사다.

돌이켜 생각해보니 아군은 승리를 전제로 해서 이 작전에 임했다. 우리는 반드시 이긴다. 질 수가 없다. 누구나 그렇게 생각했다.

적은 말 그대로 필사적. 그러나 우리 쪽은 이런 싸움으로 죽을 생각 따위는 손톱만큼도 없다. 각오가 다르다. 너무나 다르다.

"침착해…!"

안토니는 오크에게 덤벼들었다. 검을 맞부딪치며 윈드를 노린다. 그러나 상대도 알고 있다. 서로 밀어붙이다가 떨어졌다.

"에워싸! 에워싸라…! 적은 소수다…!"

부하들은 곧바로 안토니의 명령을 따르려고 했으나 낭패하는 전사도 많았다. 마음먹은 대로 몸이 움직이지 않는다. 그 순간에 화살이 쏟아진다. 혼란이 심해지고 퍼져간다.

"일단 후퇴하는 게…!" 누군가가 외쳤다.

"웃기지 마!" 안토니는 오크의 공격을 떨쳐내면서 소리쳤다. "전사의 긍지를 잊었나? 잘 들어라! 이렇게 된 것은 무능한 렌 워터 탓이다! 놈이 싸지른 똥을 우리가 치우는 황당한 꼴이 되었으나 어쩔 수 없다! 우리 변경의 전사가 다시 바로잡는다! 해낸다! 전사들이여! 나를 따르라…!"

12. 나중에

남측 방벽, 정문 쪽의 상황이 분명히 이상하다. 도대체 무슨 일이 일어난 걸까? 불길한 예감이 든다. 아니, 불길한 예감만 든다. 위험한 것 아닐까?

어쨌거나 녹람대는 동측 방벽을 계속 공격하는 수밖에 없다. 적은 수비하고 있다. 방벽 위의 오크를 소탕하지 않으면 화살이 계속 쏟아져서 위험하기 짝이 없다.

"우선 동측 방벽을 제압하는 거야…!"

브리 씨가 검 끝으로 방벽 위를 가리켰다. 방패는 들지 않았다.

보아하니 사다리는 네 대 전부 무사히 설치된 모양이다. 하루히로 일행은 물론이고 초코네 파티도 건재한 것 같다.

하루히로는 방벽에 몸을 가까이 기대고 방패를 들었다. 위는 어떻게 되었을까? 보이지 않으니 알 수가 없다. 하지만 먼저 간 렌지 일행은 요란하게 날뛰고 있겠지. 그 탓인가? 뭔가 아까보다도 화살의 기세가 약해진 것 같은…?

방패 밑에서 가만히 한숨을 내쉬고 있노라니 누군가가 목덜미를 움켜잡았다.

"꽥."

"어이! 혼자 감상에 젖어 있지 말고, 우리도 가자, 파루피로!"

란타다. 바보 란타. 답답하잖아. 하루히로는 란타의 손을 뿌리쳤다.

"…파루피로는 또 뭐냐? 그보다—어? 가다니…?"

"올라가는 거야, 방벽에! 말 안 해도 알잖아!"

"아니, 하지만."

"하지만이고 뭐고 방구고 똥이고 된장이고 필요 없어! 어서 와!"

란타는 이번엔 하루히로의 귀를 잡아당기려고 했다. 적당히 좀 하라고. 열을 받아서 하루히로는 란타에게 발을 걸었다.

"우옷…?!" 란타는 넘어졌다가 곧바로 발딱 일어났다. "—너 이 녀석…!"

"왓…?! 너, 진짜로 때리려는 거야?! 이런 때에!"

"상관없어!"

"있어! 아무리 생각해도!"

"나는 상식에 얽매이지 않는 남자다! 말하자면 혁명가다!"

"네가 그런 멍청한 소리를 하는 동안에 다들 사다리를 쑥쑥 올라가고 있잖아!"

"뭐라고?! 우와, 진짜네!"

그쪽을 보니 초코네까지도 사다리를 올라가려고 했다. 솔직히 하루히로도 이건 정말 움직이는 게 좋겠다는 생각이 안 드는 것도 아니었다.

"스, 슬슬 가자!"

모구조가 말해서 결심이 섰다.

"좋아, 가자! 나랑 모구조가 먼저…! 다들 뒤를 따라와…!"

"바보! 내가 먼저닷…!"

란타는 하루히로를 밀치고 사다리를 올라가기 시작했다.

"좋을 대로 해라, 정말…!"

하루히로는 방패를 등에 메고 란타 뒤를 따랐다. 모구조는 다른 사다리를 올라가고 있다. 유메는 하루히로의, 메리는 모구조 뒤에

붙었다. 시호루가 제일 뒤다.

이미 화살의 비는 그쳤다.

방벽 위에서는 적과 아군이 뒤섞여 있긴 했지만 아무리 봐도 아군이 우세다. 하루히로 일행 근처에 오크의 모습은 없다.

방벽 북동 모서리에 가까운 장소에 벽 너머로 내려가는 계단이 있다. 적은 그곳을 사수하려고 하는 모양이지만 렌지를 비롯한 팀 렌지가 중심이 되어 격렬하게 공격하고 있다.

"가라…!" 란타가 외쳤다.

그것이 신호탄이 된 것은 아니겠지만, 렌지가 오크를 한 명 쓰러뜨리고 다른 한 명을 발로 차서 떨어뜨렸다.

적의 수비가 무너지고 의용병들이 들끓었다.

"돌입이야…!" 브리 씨의 목소리가 쩌렁쩌렁하다.

렌지와 론이 계단을 내려간다. 오크들은 계단에 밀집해서 지나가지 못하게 막으려고 했다. 저걸 어떻게 뚫지? 아, 그렇게 하는 건가? 렌지와 론은 오크들에게 몸으로 태클을 걸었다.

"밀어…!" 론이 절규했다.

말도 안 돼.

진짜야?

렌지네 팀이, 그 외의 의용병들이 렌지와 론을 밀었다. 마구 민다. 그러다가 찌부러지겠다. 압사하겠어. 오크들도 대항해서 밀쳐내려고 했으나 렌지 일행은 위에서부터 아래로 미는 것이고 오크들은 아래에서 위다. 아무리 봐도 렌지네 쪽이 유리하고, 아마도 선수를 친 것이 무엇보다도 효과적인 듯했다.

오크들이 도미노처럼 쓰러졌다.

렌지와 론은?

있다.

아니, 있는 건 당연하지만 제대로 서 있다. 렌지와 론은 오크들을 짓밟고 아래로. 됐다. 계단을 다 내려갔다.

“렌지 대단해…! 난리도 아니야…!”

란타가 떠들어대는 마음도 알 것 같다. 정말 그렇다. 너무나 대단하다, 렌지. 저런 놈들이 동기라니. 우리와 비교하고 싶지도 않다. 그래봤자 서글퍼질 뿐이다.

그러면서도 약간 자랑스럽기도 했다. 저 녀석들이 동기라고. 그런 식으로 누군가에게 자랑하고 싶다. 하지 않을 거지만. 그건 또 그것대로 서글프니까.

하지만 멋있다, 렌지.

알고 있었지만, 대단해.

차원이 달라. 웃음이 나올 만큼 너무 다르다는 느낌이다.

“너무 파고들지 마…! 본대가 정문을 부수지 않았어…!”

브리 씨가 방벽 위에서 외치자 보루에서 튀어나온 감시탑에서 화살이 날아왔다.

브리 씨는 검을 휘둘러 화살을 막아냈다. 화살이 오는 방향을 전혀 보지 않았는데 용케도 저토록 쉽게.

브리 씨는 부상을 입지 않았으나 화살은 한두 개가 아니었다. 몇 명의 의용병이 화살을 맞고 몸을 웅크렸다.

“여기 있으면 위험해…!” 하루히로는 우물쭈물하는 초코네 파티에게도 들리도록 말했다. “서둘러! 아마도 내려가는 게 차라리 안전할 거다…!”

"안다니까, 바보야!"

아―란타, 시끄럽다. 너는 한 마디가 아니라 두 마디 많아. 그보다 네 존재 자체가 성가시다고. 아니, 인내, 인내. 수행이라고 생각하면 된다. 최악의 수행이다.

감시탑은 튼튼한 구조로 틈새라고나 할까, 작은 창에서 화살을 쏘고 있는 모양이다. 적의 모습이 보이지 않아서 쏘는 타이밍도 알 수가 없다.

계단으로 향하려고 했더니 또 화살이 날아왔다. 계단을 내려가는 의용병들을 노리고 있다.

"방패다!"

하루히로는 등에 멘 방패를 들었다.

그런데 다들 방패를 갖고 있지 않았다.

"어라…? 어째서?"

"유메는 있지, 이제 필요 없을 줄 알고 밑에 버리고 왔는걸. 그거, 무거우니까."

"…아, 나도."

"나, 나도."

"나도 그렇다!"

"나도…."

"읏…, 메리까지…."

오히려 하루히로가 소수파인 건가? 잘 보니 초코네 파티와 다른 의용병들도 거의 전원이 방패를 갖고 있지 않았다.

하루히로의 궁상이 도움이 된 것이다. 그렇긴 해도, 이 방패 하나로는―.

"앗, 있어. 방패! 오크의 방패!"

잘 보니 녹람대는 아직 큰 피해를 입지는 않은 모양이나 오크는 상당히 죽었다. 시체와 검과 함께 방패도 여기저기에 나뒹굴고 있었다. 모피를 붙인 젯슈 씨족의 방패다.

"오옷! 적절한 타이밍에 도움이…!"

란타 일행이 오크의 방패를 집어 들자 주위의 의용병들도 따라하기 시작했다.

방패를 감시탑 쪽으로 향하고 계단으로 돌입한다. 방패에 한 개, 두 개, 화살이 박혔으나 괜찮다. 제대로 몸을 지킬 수가 있다.

계단 도중에 앞이 막혀 더 이상 나아갈 수가 없게 되었다.

보루 안으로 들어가려면 바깥 계단을 올라가 옥상에 있는 출입구까지 가야 한다. 바깥 계단은 정문에서부터 보루 바깥을 한 바퀴 도는 방벽 남동쪽 끝 가까이에 있다. 실은 동쪽 방벽에서부터가 제일 가깝다.

렌지 일행은 이미 바깥 계단에 접근하려고 했다. 하지만 보루 안에서 계속해서 오크가 튀어나와서 제아무리 렌지 팀이라도 발이 묶인 상황 같았다.

"좋은 상태야! 서로 밀고 버티면 조만간 아군이 온다…!"

브리 씨는 화살을 검으로 쳐내면서 그렇게 말했으나, 그걸로 좋은 건가?

"…좋을 리 없지!"

하루히로는 눈을 크게 떴다. 뒷문이 있는 북측 방벽 쪽에서 오크 한 무리가 온다. 본대는 남쪽에서, 별동대는 동서에서부터 공격하고 있기 때문에 북쪽에는 공격수가 없다. 동측 방벽이 돌파당한 것을 알고 북측 방벽의 수비를 하던 오크들이 구원병으로 온 건지도 모른다.

"큰일 났다! 렌지네가 협공당해…!"

"손이 빈 자는 반대쪽 적을 막아…!"

곧바로 브리 씨가 지시를 내리자 당장 몇 개의 파티가 반격을 하려고 했다. 사실 일은 그리 간단히 풀리지 않는다. 북측에서 오는 적을 반격하려고 해도 방벽 계단에서부터 보루 바깥 계단까지의 사이에 의용병이 빽빽하다. 그 때문에 대부분의 의용병은 이동하는 것도 쉽지가 않다.

"우리도 한다…!"

초코네 파티의 리더로 보이는 상큼 군이 방벽 계단에서 뛰어내렸다. 초코 일행은 눈을 휘둥그레 뜨면서도 상큼 군 뒤를 따라가려고 했다.

"아니, 잠깐—."

기분이 고양된 건지 뭔지는 모르지만 앞도 안 보고 무작정 덤비는 것도 정도가 있지. 북측에서 오는 적은 아마도 20명 정도는 된다. 너희는 루키니까 생각 좀 해.

"우리는 나가지 않아도 되는 건가…?!"

란타가 어깨를 찔러서 하루히로는 2초 정도 망설였다. 젠장. 못 본 척 내버려둘 수가 없다.

"좋아, 가자…!"

하루히로가 계단에서 뛰어내릴 무렵에는 반격은 이미 시작된 뒤였다. 오크들의 기세가 엄청나다. 순식간에 의용병이 몇 명 쓰러졌다. —쓰러졌다. 죽은 건가?

의용병 전위가 떨어져나간다.

두 명, 아니, 세 명의 오크가 초코네 파티를 향해 덤벼들었다.

상큼 군, 실실남, 키다리 군이 각각 오크를 한 명씩 맞아 반격했지만 분명히 역부족이다.

우선 실실남이 엉덩방아를 찧었고, 키다리 군은 방벽으로 내몰렸다. 상큼 군은 간신히 칼을 맞부딪치며 버텼으나 언제 당해도 이상하지 않다.

신관 군이 앞으로 나서서 오크의 일격을 쇼트 스태브로 막으려고 했다. 안 된다. 힘에 부친다.

초코와 짧은 머리 씨는 서로 부둥켜안고 움츠리고 있다. 뭐 하는 거야? 그건 죽여주십시오—하는 거랑 마찬가지잖아.

당연히 오크가 그걸 놓칠 리가 없다.

구해주고 싶지만—하루히로는 도저히 타이밍이 맞지 않는다.

"옴 렐 엑트 파람 다슈…!"

시호루다. 시호루가 해주었다. 시호루의 지팡이 끝에서 검은 해초 같은 그림자 엘리멘탈이 쏟아져 나왔다. 그림자 엘리멘탈은 나선을 그리며 날아가 초코와 짧은 머리 씨를 피의 제물로 삼으려던 오크의 안면에 부딪쳤다.

섀도 콤플렉스.

그림자 엘리멘탈은 흐느적 휘어 코와 입을 통해 오크의 몸속으로 들어가 재빨리 작용했다. 오크는 갑자기 멍한 얼굴을 했다. 경계하고 있으면 저항하기 쉬운 마법이긴 하지만 슬리피 섀도만큼은 아닌 모양이다. 지금은 무경계였기 때문에 마법이 잘 들어갔다. 오크는 망연자실했다. 잠시 후 동요하고, 흥분하고, 정상적인 판단력을 잃어버리겠지.

"앵거…!"

그렇게 되기 전에 란타가 힘차게 뛰어가 오크의 목덜미에 찌르기를 선사했다.

저 오크를 해치우는 역할은 기왕이면 하루히로가 하고 싶었는데 란타가 선수를 쳤다. 뭐, 어쩔 수가 없다.

하루히로는 키다리 군을 벽으로 몰아붙이고 있는 오크의 등 뒤로 갔다. 방패는 버렸다.

역시 그 선은 보이지 않는다.

캠프의 오크와는 다르다. 젯슈 씨족의 오크가 입은 빨간 갑옷의 등 보호대에는 틈새가 없다. 판금 갑옷이다. 대거 날은 들어가지 않는다. 백 스태브로는 안 된다.

하루히로는 오크의 겨드랑이로 팔을 넣어 결박하고 투구와 갑옷 사이에 대거를 쑤셔 박았다. 목을 찌르고 떨어지자 비틀대는 오크를 키다리 군이 롱 소드로 내리쳤다. 상당히 키가 있어서 롱 소드는 훨씬 상단에서 내리치면 제법 위력이 있을 것 같다. 오크가 쓰러져 꿈틀꿈틀할 때까지 키다리 군은 롱 소드를 계속 휘둘렀다.

"고, 고맙습니다…."

숨을 헐떡이며 말하는 키다리 군을 무시하고 하루히로는 주위를 둘러보았다. 초코가 또 오크의 노림을 받고 있다.

"초코, 뒤…!"

"읏…!"

간발의 차이였다.

초코는 옆으로 뛰어 오크의 검을 피했다.

"갓슈우르르…!"

오크가 이쪽을 본다. 하루히로에게 달려온다. 정면 승부는 무리. 도저히 불가능.

감각을 연마하고 총동원해서 오크의 움직임에 집중한다. 무기. 외날 검. 분명 가하리라고 했던가? 온다. 왼쪽 위에서. 쳐낸다. 스와트. 손목을 돌려서 다음은 오른쪽 위에서 온다. 스와트. 스와트. 스와트. 스와트.

강하네. 힘. 얼얼하게 느껴진다. 아주 조금이라도 뭔가가 어긋나면 끝장이다.

상대가 인내심 싸움을 할 작정으로 아주 견고하게, 견고하게 공격해 왔다면 아마도 하루히로가 실수를 범했을 것이다. 상대가 끝장을 내려고 작정하고 덤볐기 때문에 살았다.

다음은 크게 휘두를 것이다. 그건 막아낼 수 없다.

하루히로는 일부러 앞으로 나섰다. 비스듬히 몸을 집어넣고, 오크의 가하리를 대거로 막는 것이 아니라, 가하리를 대거 날 위로 미끄러지게 한다. 막아서 흘리기—라는 기술이다.

동시에 오크의 팔을 잡았다. 바르바라 선생님이 이틀 동안 계속해서 이 기술을 하루히로에게 걸었기 때문에 이틀간 제대로 실전 형식의 연습을 한 셈이다. 스와트에서부터 어레스트.

부러뜨리진 못하겠는데, 이건.

두껍다고, 오크의 팔.

순식간에 결단을 내리고 팔꿈치를 꺾은 채로 발을 걸었다.

오크는 반응했다. 하루히로가 넘어뜨린 것이 아니라 자기 스스로 넘어졌다.

몸을 발딱 뒤집어 일어선다. 그 직전이었다.

"참으로…!"

모구조다.

날아온 모구조가 오크의 머리에 필살기 참으로 베기를 쏟아냈다. 그야말로 필살기다. 오크의 머리가 투구와 함께 쩍 갈라졌다. 이크. 모구조, 굉장해.

"고, 고마워."

초코는 커다란 눈을 더 크게 뜨고서 자기 팔을 누르고 있다. 반은 넋이 나간 것 같다.

"아니—."

대답하려다가 하루히로는 초코의 팔을 움켜잡고 당겼다. 오크. 다른 오크가 왔다. 모구조가 곧바로 맡아줘서 다행이었으나—의도치 않게 초코를 끌어안는 자세가 되어버렸다. 하루히로는 곧바로 다시 밀쳐냈다.

"미, 미안."

"아니야…, 히로는 날 구해준 건데."

"아, 그렇긴 해도—앗. 나중에…!"

나중에, 뭘? 하루히로도 그건 잘 모르겠지만 지금은 바쁘다.

"카하핫! 모구조는 벌써 두 명 정도 해치웠냐? 역시 내 파트너야…!"

란타는 이그저스트를 구사해서 오크를 한 명 유인했다. 모구조는 마구 공격해서 또 한 명을 해치우기 직전이다.

시호루는 멀리 있는 오크를 노려 마법으로 견제하고 있다. 메리가 시호루의 호위를 해주고 있으니 안심이다.

하루히로는 유메에게 눈짓을 했다. 평소에 하던 대로 하면 돼. 모구조와 란타를 엄호하고, 조금이라도 빨리 적을 해치운다.

"하루히로옷…!" 란타는 이그저스트로 뛰어 물러났다. "너, 저 여자랑 무슨 관계냐…?!"

"뭘 여유부리고 있어…?"

"여유니까 여유부리지! 우옷…?!"

"전혀 여유가 아니잖아!"

"시끄러워, 멍청아…! 으랴앗! 리젝트…!"

란타는 오크와 코등이싸움이 되자마자 밀쳐내려고 했으나 실제로는 별로 거리를 두지 못했다.

모구조는 어느새인가 2대 1이 되었다. 방금 전까지 1대 1이었는데. 유메는 모구조에게서 오크를 한 명 떼어놓으려고 하는 것 같았으나 그건 그것대로 위험할 것 같다. 하루히로가 스와트로 밀쳐내는 편이 나을 것 같은 느낌도 든다.

시호루 쪽을 보니 메리가 석장을 휘둘러 오크를 멀리 떼어놓으려 하고 있다. 그쪽은 어떻게든 해결해줬으면.

힘에 부친다. 그래도 조금만 더하면 된다. 우리만 있는 게 아니다. 다른 의용병들도 있다. 해치우지 못해도 된다. 막고 있기만 해도 되는 거다.

하지만 역시 쉬운 상대가 아니다. 냉정함을 유지하는 게 고작이다. 무섭다. 아무튼 메리와 시호루를. 그리고. 그리고. 아니, 그 뒷일은 이제 상관없다. 우선은—,

"으랴아아아아아아아아아아아아아아아아아아아아아아아…!"

뭐야? 이 목소리.

오크가 아니다. 인간. 하늘을 찢어발기는 것 같은 여자 목소리다.

"왔다…!"

브리 씨가 방벽 위에서 폴짝 뛰었다.

북측 오크들의 움직임이 눈에 띄게 둔해졌다. 아니, 둔해졌다기보다, 당황하고 있다. 뒤다. 그들 후방에서 함성이 솟아났다.

"왔어! 증원군이…!" 브리 씨는 키스를 날렸다. "황취대…! 사랑해, 카지코…!"

13. 우리의 실수

그때부터는 일방적인 전개가 되었다.

오크의 북측 부대는 하루히로네 녹람대의 반격조와 황취대의 협공을 당해서 순식간에 줄어들었다. 괴멸까지는 몇 분이나 걸렸을까? 빨랐다. 불과 몇 분 만에, 분명 20명이 넘었던 오크가 아무 말 못하는 시체로 변한 것이다. 적이니까 동정하지는 않지만 참혹하다는 생각은 했다. 시체 냄새에는 익숙해졌다. 하지만 이렇게 많으면 꽤 지독하다.

카지코네 와일드 엔젤스가 하루히로 옆을 지나갔다.

그녀들이 목에 두른 하얀 깃털 스톨도, 투구와 모자와 반다나에 붙인 하얀 깃털 장식도 적의 피로 물들어 있었다.

"머… 멋있다…!"

란타는 사로잡힌 듯 보고 있지만—멋있다고나 할까, 무섭거든.

"브리트니! 정문은?!"

카지코가 때려 부술 듯한 무시무시한 목소리로 묻자 아직 동측 방벽 위에 있는 브리 씨가 고개를 가로저었다.

"틀렸어! 아직 안 부서진 모양이야! 여기에서는 안 보이지만 고전하는 것 같아!"

"그렇다면 우리가 함락해버리면 된다!" 카지코는 두 팔을 벌렸다. "잘 들어라, 의용병들! 변경군은 키퍼 조란 젯슈에게 금화 백 냥! 그리고 지금까지 몇 명이나 병사와 의용병을 그 주술로 죽인 주술사 아바엘의 목에도 금화 50냥의 현상금을 걸었다!"

"백…!" "백 냥…!" "금화 백 냥…!" "오십 냥…?!" "백 골드!" "오

십 골드라고…?!" "끝내준다…!" "진짜야…?"

술렁거리는 녹람대, 황취대에게 찬물을 끼얹는 것처럼 감시탑에서 화살이 쏟아졌다. 몇 명의 의용병이 화살을 맞은 모양이다. 초코네 파티의 실실남도 어깨에 화살을 맞아 신관 군이 치료하기 시작했다.

"바, 방패를…!"

하루히로는 황급히 오크의 방패를 주웠다. 하지만 다들 화살에 관해서는 이제 별로 신경 쓰지 않는 모양이다. 의용병들의 눈빛이 완전히 변했다. 보루 바깥 계단으로. 바깥 계단에서 보루 안으로. 금화 백 개. 오십 개. 백 골드. 오십 골드. 합치면 백오십 골드. 그것밖에 머릿속에 남지 않게 된 것인가? 아니, 확실히 150골드는 매력적이지만. 너무나 큰돈이라서 좀 실감이 나지 않기도 하지만.

"으랴아아아아아아아아아아아아아아아아아아…!" 귀에 익은 목소리가 울려 퍼졌다. 저건 론이다. "보루로 들어간다, 어이…! 우리가 제일 먼저다…!"

동측 방벽 계단에서 봤을 때에는 일진일퇴였으나 마침내 적의 견고한 수비를 돌파한 것이다.

녹람대와 황취대가 뒤섞여 바깥 계단으로 우르르 몰려가려고 했다. 그야말로 의용병의 탁류다. 감시탑에서 화살이 쉭쉭 쏟아졌으나 이 흐름은 멈추지 않는다. 개인의 의사는 상관없다. 아무도 멈춰 설 수가 없다. 하루히로도 휩쓸렸다. 동료들은 곁에 있다. 그것만은 간신히 알았다.

"나는 일단 정문 쪽으로…! 본대를 보고 올게! 카지코, 부탁해…!"

"브리트니, 당신이 돌아올 때쯤엔 끝났을 거야…!"

"부추기지 말고 컨트롤을 해…! 어린애가 아니니까…!"
"쓸모없는 정규군에게나 말해…! 상금은 내가 갖는다…!"
"정말…! 무모한 짓 하지 마…!"
브리 씨는 어딘가로 가는 건가? 정문 쪽에 간다고 했던가? 괜찮나? 그런 건 아무래도 상관없다. 지금 그런 걱정을 할 때가 아니다. 바깥 계단이다. 드디어 바깥 계단. 엄청나게 정체되고 있지만. 이거, 올라갈 수 없는 거 아니야? 그렇게 생각할 수밖에 없는 혼잡한 상황인데도 나아간다. 어째선가 쑥쑥 앞으로 진행한다. 금방이었다. 벌써 보루 옥상이다. —우와. 우왓. 굉장해. 화살이. 세 개의 감시탑, 세 방향에서 화살이 날아온다. 그야말로 비다. 화살의 폭우. 하루히로는 간신히 방패를 들었다. 보루 출입구에 도달할 때까지 화살 몇 개가 방패에 박혔다.
떠밀리는 것처럼 해서 보루에 들어가기 직전에 방패는 버렸다. 모구조. 있다. 란타. 있다. 유메. 시호루. 메리. 있다. 초코의 얼굴도 보였다. 보인 것 같다. 북새통이라서 뭐가 뭔지. 보루 안의 상황도 알 수 없다. 아무튼 흐름에 몸을 맡겼다. 통로를 달려 계단을 내려갔다.
3층.
2층.
1층으로.
보루 1층은 천장이 높았다. 게다가 넓다. 원 플로어의 뻥 뚫린 공간이다.
네 귀퉁이에 계단이 있는데, 하루히로 일행이 내려온 것은 아마도 남동 모서리의 계단일 것이다. 확실히, 감시탑에는 1층부터 계단을 올라가야 한다고 했던가? 그렇다면 다른 세 개, 북서 모서리, 남서 모서리, 북동 모서리의 계단이 감시탑으로 통할 것이다. 벽에 문도 네 개 있고 전부 활짝 열려 있다. 이미 수색이 끝났다는 뜻? 통로에서 몇 번인가 오크의 시체를 밟기도 하고 뛰어넘기도 했지만 1층은 그 정도가 아니다. 하루히로 일행이 여기에 오는 동안 상당히 격렬한 전투가 벌어졌던 모양이다. 열 명 이상의 오크가 죽었고 의용병도 몇 명 쓰러져 있다. 동료가 치료해주고 있는 자도 있고 그렇지 않은 자도 있었다. 즉, 그들은 이미 숨진 것이다.

"자, 당첨은 어디지?"

카즈코네 와일드 엔젤스는 북서 모서리의 감시탑을 공격할 생각인 모양이다. 렌지네 팀은 남서 모서리의 감시탑을 골랐다. 그것을 보고 다른 의용병들 대부분은 북동 모서리 감시탑으로 가려고 했다.

"어떻게 해?!" 란타는 투구의 바이저를 올리고 세 개의 계단을 번갈아 보았다. "카지코나 렌지랑 경쟁해봤자 이길 것 같진 않고, 우리도 역시 북동 감시탑인가…?!"

"아니—."

결정해야 한다.

이것도 아니고, 저것도 아니고, 그런 생각을 하는 것보다도 먼저 하루히로는 판단을 내렸다. 직감 같은 것이었다.

"렌지네랑 같이 가자."

"너 바보냐! 저 녀석들이랑 같은 곳으로 가면 만에 하나라도 대장 목을 딸 가능성이 없잖아!"

"어차피 유메네가 딸 리가 없잖아."

"바보! 바보 유메! 뜻을 크게 품어!"

시호루가 훗—하고 웃었다. "…렌지 군네랑 같이 가면, 만에 하나라도 그럴 가능성이 없다고 생각하는 사람이 그런 말을 할 자격은 없다고 생각하는데…."

"응. 하긴 그래. 그도 그러네. 좋았어! 몰래 빼앗아버릴까…!"

"하하하…." 모구조가 쓴웃음을 짓는다.

"비겁해." 메리는 냉정하다.

"비겁 좋지…!" 란타는 히죽 웃었다. "암흑기사인 나에게는 최고의 칭찬이다…! 후하하핫! 암흑이여, 악덕의 주여, 데이몬 콜…!"

란타의 머리 뒤, 다소 위쪽에 거무스름한 보라색 구름 같은 것이 나타났다.

구름이 소용돌이치더니 급속하게 어떤 형태를 이루어간다.

그것은 목이 없는 인간의 상반신. 가슴 근처에 구멍 같은 눈이 두 개 있고, 그 밑에 쭉 찢어진 균열 같은 입이 있다—그런 모습을 한 암흑기사의 사역마 데이몬이다.

'…끼히… 끼히히히… 끼히히히… 끼히히히히히… 끼히…, 란타 죽는다.'

"죽어라가 아니라 죽는다?! 갑자기 사망 예고냐? 조디악아?!"

'…이히히…, 란타 죽인다.'

"급기야 살해 예고?!"

"조디악아. 손!"

유메가 손을 내밀자, 조디악은 '…죽어라… 못난이…' 라고 말하면서도 손을 내밀었다.

"오옷. 조디악이는 착하네. 하지만 못난이는 너무했어…."

'…끼히히…, 미안….'

"순순히 사과하넷!"

란타의 딴죽에 대해서 조디악은 리액션 없음. 왜 자기 데이몬에게 학대당하는 거냐?

초코네 파티는 어떻게 할지 망설이는 것 같았다.

"쓸데없는 참견이겠지만, 너희는 무리하지 않는 게 좋아."

하루히로의 조언을 새겨들었는지 어땠는지는 모른다. 어쨌든 초코네는 1층에 머물러 있을 모양이다. 움직이려고 하지 않는 파티는 그 밖에도 있었다. 그러는 편이 안전하다. 그걸로 좋아.

사실은 하루히로네도 1층에서 얌전히 있는 편이 좋을지도 모른다. 왜 그렇게 하지 않는 건가? 오크를 죽였다. 동정을 졸업해서 기세등등한 건가? 할 수 있다고 자만하는 건가? 그렇지는 않다고 생각한다. 하지만 평소의 하루히로라면 적어도 망설이는 정도는 했을 것이다. 어째서 바로 결정했는가?

렌지네를 따라간다면 그리 위험하지는 않을 것 같으니까? 그런 마음이 아마 어느 정도 있었을 거다. 없다고는 말할 수 없다.

팀 렌지는 강하다. 렌지네 뒤에 숨어 있으면 그리 쉽게 죽을 일은 없겠지.

그렇긴 해도, 그저 숨어 있기만 할 생각은 없다. 하루히로네도 거들어주는 정도는 가능할 테고, 그럴 생각이다.

이상한 이야기지만, 렌지네에게 은혜를 입혀놓고 싶다는 마음도 하루히로에게 없지는 않다. 결정적인 일은 자신들이 할 수 없지만, 그 자리에 있어도 아무런 도움도 안 되지는 않겠지. 이왕이면 다른 팀들보다는 렌지네에게 힘을 빌려주고 싶다. 고마워하긴커녕 성가

셔하거나 방해꾼 취급을 할지도 모르지만.

우리는 아무것도 못한다고는 생각하고 싶지 않다.

하루히로 혼자라면 등신 취급을 받아도 좋다. 우습게 보여도 웃어넘길 수 있다. 자기 자신에 관해서라면 체념할 수 있다. 하지만 우리는 파티다. 동료가 있다. 모구조 같은 경우엔 제법 강한 전사다. 란타도, 열 받지만 질긴 놈이고, 스킬 구사 방식에는 독특한 것이 있다. 유메가 언제나 헤헤거리니까 마음이 편해지고, 시호루는 수수하게나마 동료를 배려하고 시야가 넓다. 메리는 모두를 든든하게 서포트해준다.

마나토.

우리, 좋은 파티가 되어가고 있어.

여기에 네가 없는 것은 너무나 안타깝지만.

나는 이 파티에서 조금이라도 발전하고 싶어.

초조해할 필요는 없다고 생각하지만 지금 단계에서도 아직 조금 더 올라갈 수 있을 것 같은 느낌이 들어.

"간다아아아아아아아아아아아아아앗…!"

란타가 선두에서 돌진해서 하루히로 일행은 팀 렌지를 쫓아갔다. 렌지네와의 경합을 원치 않아서인지 남서 모서리의 감시탑을 목표로 하는 의용병은 적은 것 같았다.

나선 계단을 올라간다.

뛰어올라간다.

"눈이 빙빙 돌 것 같아…!" 유메가 웃었다.

위쪽에서 목소리와 무슨 소리가 들린다. 전투의 소리다.

"당첨인가…?!"

계단 끝단 근처에 의용병들이 뭉쳐 있었다. 수는 다섯 명. 파티한 개인가?

"뭐 하는 거야…?!"

란타가 소리치자 전사로 보이는 의용병이 눈을 까뒤집는다.

"들어가려야 들어갈 수가 없어…! 상당히 위험한 상황이라…!"

"바보냐? 너! 위험하면 더욱더 어서 참전해야 하잖아…!" 란타는 조디악을 밀어붙였다. "—가랏, 조디악아! 가서 어떻게 된 건지 확인하고 와…!"

'…시이이이이…, 싫어싫어싫어싫어싫어싫어싫어…, 끼히히히히히히히…'

"어째서?!"

하루히로는 혀를 찼다. "—됐어! 내가 보고 올 테니까! 조디악이 불쌍하잖아!"

"시끄러워! 내 조디악이니까 어떻게 하든 내 맘이다…!"

'…누… 누누누 누가 네 거냐…? 네 거 아니다…, 멍청아…. 죽어라….'

"내가 죽으면 조디악이도 사라지는 거야! 그래도 괜찮아?!"

'…이히히히히…, 네가 죽는다면… 바… 바라는 바다…, 이히히히히히….'

"뭐얏—?"

어이없어하는 란타를 밀치고 앞의 의용병들 사이를 헤치고서 하루히로는 계단에서 얼굴을 내밀었다.

"—우아…."

진짜다.

진짜로 큰일 났다.

감시탑 위는 생각했던 것보다 넓은 원형 방으로 천장도 낮지는 않다. 오크는 얼핏 보아도 열 명 이상. 방 한가운데에서 날뛰고 있는 렌지와 론은 선전하고 있는 것 같았지만 꼬마와 샷사, 아다치 세 사람은 가장자리 쪽에 몰렸다. 꼬마가 지팡이를 휘둘러 어떻게든 샷사와 아다치를 지키려고 애쓰는 상태였다. 의용병은 렌지네뿐이고 쓰러진 오크도 아직 한 명뿐. 하루히로는 얼굴을 도로 집어넣었다.

"큰일이야…, 이대로는. 렌지와 론은 그렇다 치고, 꼬마네가—."

도와야 한다.

할 수 있을까? 우리가 렌지네를 돕다니, 감히 주제를 모르잖아. 하지만 렌지네는 위기에 처했다. 현상황은 5대 10. 아무리 팀 렌지라도 초인 집단이 아니다. 상대도 약하지 않다. 아니, 강하다. 단, 하루히로네 여섯 명이 가세하면 숫자상으로는 역전한다.

우선 꼬마네다. 렌지와 론은 됐어. 분명 자력으로 어떻게 해낼 거야. 게다가 하루히로네가 꼬마네를 거들어주면 렌지와 론도 싸우기 쉬울 것이다.

"모구조, 올라가서 오른쪽! 꼬마네가 있으니까 지켜줘! 나랑 란타도 간다! 유메, 시호루, 메리는 상황을 보면서!"

"움머—!"

"정말이지, 손이 많이 가는 무리네…!"

"란타 너, 그 말, 앞에서 대놓고 렌지에게 해봐!"

"할 리가 없지! 망할 바보 녀석아!"

"망할 바보 녀석은 너다! 간다…!"

하루히로, 모구조, 란타 순서로 올라갔다.

보인다.

흐릿하게 빛나는 그 선이.

보였다고 생각했을 때에는 이미 하루히로의 몸은 움직였다.

선을 따라서, 걷거나 뛰는 것이 아니다. 바닥 위를 미끄러지듯이 이동한다.

소리가 없다.

모든 것이 멈춰버린 것까지는 아니었으나 유난히 느릿느릿하다.

그 오크는 샷사에게 검을 휘두르려고 했다.

여기다.

백 스태브.

갑옷이 사이에 있는데도 하루히로의 대거는 쑥… 들어갔다.

뭔가에 닿았다.

급소다.

대거를 빼내자 오크는 목소리도 내지 못하고 무너졌다.

"…뭐야? 그게."

샷사는 넋이 나간 것 같았다. 하루히로는 고개를 저어 보인다. 뭐냐고 물어도 잘 설명할 수가 없거든.

"참으로…!" 꼬마를 덮치려던 오크 한 명을 모구조가 참으로 베기로 날려버렸다.

"어, 어이, 야! 조디악아! 손 좀! 빌려줘! 치사하다…!"

'…후히히히히히히히…, 시이이이이이이… 싫어…. 약충 송충이… 죽어라….'

"젠장…! 공간이 좀 부족해서 싸우기 힘들어…!"

란타는 카운터를 피해 도망다니고 있다. 그래도 오크를 한 명 유인하고 있는 셈이라서 나쁘지는 않다.

유메와 시호루, 메리도 올라왔다.

"렌지…!" 하루히로는 오크의 공격을 스와트로 물리치고 다음 공격은 샷사에게 맡겼다. 샷사는 스와트를 잘한다. 근력은 아무래도 하루히로 쪽이 좋겠지만 샷사는 몸이 부드럽고 움직임이 유연하다. 리듬감도 있다. 하루히로는 외쳤다. "꼬마네는 괜찮아…!"

렌지는 힐끔 하루히로를 보더니 살짝 웃었다.

아아.

역시 대단해.

렌지는 온몸을 사용해서 이슈 도그란의 검을 춤추게 한다. 춤을 추는 것처럼 보일 정도다. 도대체 뭐야? 저 기술. 스킬인건가? 렌지는 오크를 파바밧―하고 둘이나 연속으로 베어 쓰러뜨렸다. 론도 한 명을 힘으로 베어 쓰러뜨렸나 싶더니 렌지가 또 한 명, 이번엔 오크의 목을 날려버렸다.

"질 메아 그람 페르 카논."

아다치가 프리징 블러드(얼어붙은 피) 마법으로 오크의 발을 얼렸다. 오크는 그래도 뒤뚱거리며 걸으려고 했다.

"질 메아 그람 테라 카논."

사이를 두지 않고 바로 아다치는 다음 주문을 읊었다. 아이스 글로브(빙결구)다. 빙결의 엘리멘탈이 순식간에 공기 중의 물을 응고시킨다. 물의 구체는 근사하게 오크의 안면에 격돌했다. 저건 아프겠다. 오크는 무릎을 꿇었다.

곧바로 샷사가 달려 나왔다.

오크와 스쳐 지나간다.

그 직후, 삿사는 오크의 목덜미에 대거를 박았다. 저런 백 스태브 방식도 있는 건가? 대단한 연계 플레이다. 하지만 우리도 뒤지지는 않아.

"옴 렐 엑트 네문 다슈…!"

시호루가 섀도 본드 마법으로 발을 묶은 오크를 메리가 석장으로 힘껏 쳐서 휘청거리게 한 후, 유메가 헌팅 나이프를 내리쳐 주춤하게 만들었을 때—모구조!

"움머…!"

참으로 베기가 아니다. 앞으로 내딛으며 팔을 똑바로 뻗어 한 손으로 찔렀다. 퍼스트 스러스트(첫발 찌르기)다. 오크는 목이 거의 박살났다. 당연히 목은 부러졌다. 일어날 수 있을 리가 없었다.

하루히로는 주위를 둘러보았다. 적은?

없다.

오크는 전원이 쓰러졌다.

"망할…." 론이 피 묻은 검을 흔들었다. "쓸데없이 끼어들고 자빠졌어."

"뭐라고…?!" 란타가 기세등등해서 론에게 덤벼들려고 했으나, 희번덕 노려보자 빛의 속도로 움츠러든다. "미… 미안해. 이제 안 그러겠습니다."

"약하네…." 메리가 중얼거렸다.

'약충약충약충…, 끼히히히히히히…, 약충 송충이…, 이히히…, 송충이송충이송충이송충이….'

"차라리 송충이가… 그나마 낫지…." 시호루는 소박하게 잔혹하다. 동감이지만.

"송충이는 귀여우니까." 유메가 응응, 끄덕인다. 동의는 할 수 없다.

"덕분에 살았다."

렌지는 목소리까지 멋있다니까.

낮고, 약간 허스키하고. 위엄이 있지만 왠지 애수가 떠돌고.

그런 목소리로, '덕분에 살았다'고 하니—솔직히 감개무량이다.

분하니까 하루히로는 아무렇지도 않은 척 가장하려고 어깻짓을 해 보였다.

"렌지에게는 빚이 있으니까."

"이걸로 빚은 없다."

"…그런가?"

"그래." 렌지는 모구조를 본다. "쓸 만한데, 너."

"어…." 모구조는 두리번두리번하다가 자기를 가리킨다. "—어엇?! 나, 나, 나 말이야…?! 아, 아니야, 무슨…. 저기, 그, 그 정도는…."

쓸 만하다는 표현은, 글쎄, 어떨지. 하루히로는 그 부분이 걸리긴 했으나 렌지와 모구조는 둘 다 전사다. 전사는 전사를 알아본다—는 말이 있는지 없는지는 모르겠지만, 전사는 전사를 잘 이해할 것이다. 게다가 지금 의용병들 중에서 가장 주목받고 있다고 해도 과언이 아닌 그 렌지에게서 인정받은 것이니까 모구조의 입장에서는 자랑스럽겠지.

정말 대단해, 모구조.

굉장하거든, 우리 모구조는.

“어쨌거나.” 아다치가 안경 위치를 고치면서 차분하고 비아냥거리는 말투로 말했다. “여기는 꽝이야. 느긋하게 있을 때인가? 렌지.”

렌지는 대답하지 않았다. 대답 대신에 몸을 돌려 계단 쪽으로 향했다. 그때였다.

“어이! 밑에…!” 누군가가 말했다.

누군가가. 렌지네 팀도, 하루히로네도 아니다. 여기가 아니라.

하루히로는 고개를 갸웃거렸다. “밑…?”

렌지가 달리기 시작했다.

“하루히로!” 란타가 하루히로의 등을 때렸다. “우리도 가자!”

뭐지? 이상하다. 심장이. 고동이 엄청나다. 밑. 밑에서, 뭐가? 밑. 밑이라니…?

나선 계단을 내려갔다.

귀가 막히는 것 같은 느낌이 들고 이상하다. 왜지? 어째서 이토록 동요하는 걸까? 모르겠다. 이유. 원인? 아무것도 모를 정도로 하루히로는 당황하고 있다.

다리가 풀린다.

그렇다고 해서 몸이 움직이지 않는 것은 아니다.

밑으로.

1층으로.

죽어 있었다.

의용병들이.

많이.

많은 시체가.

오크가 있다. 어째서? 이놈들, 어디에서 나온 거지? 한둘이 아니다. 엄청난 숫자 아닌가.

그중에 다른 놈들보다 한 둘레 더 큰 오크가 있었다. 새빨간, 꺼림칙할 정도로 빨간 갑옷과 투구를 걸치고, 투구에서 비어져 나온 긴 머리털은 검정과 금색으로 나누어 물들였고, 그리고 그 녀석은 2도류다. 상당히 튼튼해 보이는 노골적으로 위험해 보이는 곡도를 두 자루, 물론 좌우의 손에 하나씩 들고 있다. 조란.

조란 젯슈.

틀림없다.

브리 씨가 말했던 특징이 하나하나 다 맞아떨어진다.

그 목에 금화 백 개, 백 골드의 가격이 붙어 있다. 젯슈 씨족의 씨족장이라는 키퍼 조란이다.

조란이 그 곡도로 벤다.

저건 상큼 군이다. 초코네 파티의.

상큼 군은 조란의 곡도를 검으로 막으려고 했는지도 모른다. 하지만 전혀 타이밍이 맞지 않았다.

"아앗."

상큼 군의 비명은 조금 얼빠진 것처럼 들렸다.

두 팔이 한꺼번에 잘렸다.

사이를 두지 않고 곧바로, 목. 상큼 군의 목이 날아갔다.

저토록 쉽게.

뭐야?

어떻게 된 거야?

실실남은? 신관 군은? 마법사인 짧은 머리 씨는? 없다.

아니야, 있다.

쓰러져 있다.

모두 칼에 베여.

키다리 군은 간신히 벽에 등을 대고서 조란이 아닌 오크를 상대하고 있다. 그 옆에 초코. 초코가 있다.

키다리 군은 초코를 보호하려고 했다.

하지만 아무리 봐도 일방적으로 당하는 입장이라 보호하지 못하고 있다.

강하다. 이 오크들은 세다. 지금까지의 오크와는 다르다. 장비가 아니라 체격이라거나, 분위기라거나. 전혀 다르다. 키퍼의 측근들이다. 갑옷을 입지 않고 허리에 단지 같은 것을 찬, 마법사로 보이는 오크도 몇 명이 있고. 마법사가 아니라 주술사였던가?

렌지네 팀은 이미 오크들에게 덤벼들었다. 하지만 상대는 열 명 이상, 분명 스무 명 정도는 되고 1층은 넓다. 쓸데없이 넓다. 키다리 군과 초코는.

"—웃…."

측근 오크와 코등이싸움을 하던 키다리 군이 배를 걷어차였는지 몸을 웅크리고 앉았다.

어이.

안 돼.

안 된다고.

안 된다니까.

초코는 대거를 쥐고 있다. 두 손으로 칼자루를 쥐고서 측근 오크 쪽으로 끝을 향하고 있다. 칼끝이 떨린다. 겁을 집어먹었다. 안 된다.

저래선 안 돼.

"초코…!"

하루히로는 외치고 달려갔다.

그 순간, 초코가 이쪽을 본 것 같은 느낌이 들었다. 아마도 보려고 했을 것이다.

측근 오크의 검이 초코의 어깨에 파고들었다.

상당히 깊은 곳까지.

측근 오크는 초코를 발로 차서 쓰러뜨리고 뽑은 검으로 곧바로 다시 내리쳤다.

"안 돼—."

한 번.

두 번.

세 번, 측근 오크가 검으로 내리친다.

초코.

아아.

초코.

어째서. 왜. 이런.

싫다.

하루히로는 머리를 감싸 쥐었다. 제멋대로 목소리가 튀어나왔다. 뭐가 뭔지 자신도 잘 알 수 없는 목소리가. 모르겠다. 뭐야? 이게.

14. 말하지 않은, 혹은 말하지 못한 채로

—그 자동판매기는 집 옆에 있었고…, 정말로, 걸어서 1분이나 2분 정도인 곳으로, 조금만 더 걸으면 편의점도 있는데, 거기까지 가면 어느 시간대이건 가끔씩 아는 사람과 마주치거나 하니까 왠지 싫어서, 그래서, 그 자동판매기 옆이 피난처 같은…, 별로 피난이라고 해도, 너무나 도망치고 싶다, 도망가고 싶다, 그런 일이 빈번하게 있는 건 아니지만, 아무튼, 뭐랄까, 도망치고 싶다, 그런 비슷한, 못해먹겠다—그런 느낌, 그런 기분이 들 때에는 대개 집을 나가 그 자판기 있는 곳에서 시간을 보냈다.

언제부터였던가.

초등학생 때부터?

아마 5학년 정도? 인가?

방은 혼자 쓰는 방이 아니고 형이 있으니까 안정이 안 되고, 혼자가 되고 싶다—그런 비슷한. 그렇게 말하면 건방진 소리 말라고 형한테서 야단맞고, 가볍게 발차기를 당할 거라고 생각하지만 역시, 혼자가 되고 싶을 때 정도는 있다.

그래서 자판기 있는 곳으로 가서 음료수를 살 때도 있고, 안 살 때도 있고, 마실 때도 있고, 안 마실 때도 있고.

멍—하고 있는 동안에, 아—이제 집에 갈까—그런 기분이 들면 돌아가면 되니까. 그런 비슷한.

처음엔 그런 느낌이었는데, 확실히 6학년 때, 더웠으니까 여름이었을 거라고 생각하는데, 자판기 있는 곳에 갔더니 누가 있기에 숨을까? 하는 생각도 있었지만 그것도 좀 그렇고, 모르는 척하고 있으면 되나 싶었는데, 상대방은 아는 아이였고, 집 근처에 사는 초코였다.

초코는 계속 단발머리라고 할까, 보브 커트라고 할까, 그런 머리 모양이다. 그건 아주 어릴 때부터 그랬기 때문에 갓파(주3)라는 말을 들으면 초코—그런 공식이 성립될 정도로 정착했다.

붙임성이 없고, 뭘 생각하는지 잘 모르겠고, 학교에서는 혼자 겉도는 타입.

하지만 뭐, 어디까지나 약간이지만.

친구가 없는 것도 아니고. 그러나 누군가와 아주 친하게 지내기보다는 몇 명이 어울리는 그룹에 슬쩍 붙은, 그런 느낌.

왠지는 모르지만 유치원 때부터 초코는 마음에 걸렸다. 왠지 저 녀석은 좀 달라. 그런 느낌. 솔직히 말해서, 너무나 마음에 걸려서, 뭐랄까, 좋아했다.

실은 태어나서 처음으로 좋아하게 된 것이 초코고, 그 이래로 줄곧 초코를 왠지 좋아해서, 그야 유치원 때부터 같은 유치원이었고, 학교에서도 몇 번인가 같은 반이 되었고, 집도 가깝고, 평범하게 이야기도 나누고, 나름대로 친하다고 하면 친하지만 고백 같은 건 한 적이 없다.

할 수도 없었지만.

왜냐하면, 3학년 때였던가? 초코가 카와베를 좋아한다는 소문이 일부 아이들 사이에 퍼져서, 하굣길이었던가? 둘이 있을 때—그거 정말이야? 비슷하게, 가급적 아무렇지도 않은 척 물어봤더니 초코가 잠시 생각하고 나서 응—이라고 대답해서…, 충격이었다. 그건.

상당히.

주3) 갓파: 河童. 일본의 강, 호수, 바다 등 물에 사는 요괴. 어린아이 정도의 체격이며 머리 위에 접시 같은 것이 있고, 보통 단발 머리를 하고 있다.

카와베는 훤칠하고, 딱히 운동신경이 좋은 건 아니고, 피아노를 배웠고, 약간 뭐랄까, 좋은 집에서 잘 자란 듯한 분위기로…, 아, 초코는 이런 애를 좋아하는구나, 그런.

그렇구나.

그렇구나.

그런 거구나.

난 아니잖아라고 생각했다.

나에게 없는 것만 갖고 있는 카와베는 사실을 말하자면 가끔씩, 나름대로 함께 어울린 정도의 친구였는데, 카와베는 정말 좋은 녀석이고, 재수 없는 구석이 하나도 없는 친구 중에서도 상위 랭킹이라고나 할까, 호감도가 높은 녀석이라서. 아, 초코가 카와베를 좋아하는구나, 그렇구나…. 그런 느낌.

카와베는 좋은 녀석이니까. 그런.

뭐랄까, 어떻게 하면 좋을지 모르겠지만, 이건 협력해야겠다 싶은.

왜냐하면, 상대방이 이상한 녀석이라면 싫겠지만, 카와베니까. 카와베는 좋은 녀석이니까.

그렇게 생각해서 말을 꺼내봤다. 저기, 초코. 편지라거나, 그런 거 전해줘볼래? 휴대폰은 카와베네 집이 꽤 엄해서 없지만 편지 같은 거라면, 응, 카와베는 꼭 읽어줄 거야. 답장도 해줄 거라고 생각해. 카와베니까. 어떻게 할래?

초코는—필요 없어, 이렇게 말했다.

그런 건 됐어.

그런 일을 할 생각은 없어.

아, 그래.

그렇구나. 흠—.

그냥 좋아하는 것뿐이니까.

그것이 초코의 대답이었다. 그냥 좋아하는 것뿐.

하지만 했지. 여러 가지 일을. 뭐랄까, 초코가 가급적 카와베와 말을 할 수 있도록 만든다거나. 초코와 카와베가 둘이서만 있을 수 있도록 자리를 마련하려고 한다거나. 지금에 와서 생각해보면 속이 뻔히 들여다보여서 좀 그렇지만, 그때에는 필사적이었지. 왜냐하면 카와베는 좋은 녀석이고, 초코는…, 난 초코를 좋아하니까.

아무튼, 6학년 여름에 자판기 있는 곳으로 초코가 와서, 뭐 해? 라고 말을 걸어서, 응, 아니야, 별로, 그냥 있어. 그런 비슷한 대답을 하고, 초코는 더워서, 차가운 탄산 음료를 마시고 싶어져서, 집 냉장고에 없어서 사러 온 것 같아서, 그래서 뭐, 10분인가 15분 정도 거기에서 이야기를 하고, 그런 일이 있었고, 그 이래로 자판기 옆에 있으면 가끔씩 초코가 오게 되어서.

초코는 차가운 탄산음료나 추울 때에는 따뜻한 콘 수프를 샀다.

탄산 음료를—읏, 목이 따가워, 이렇게 말하면서 마시거나, 콘 수프를 콤포타주라고 말하기도 하고, 앗, 뜨, 앗, 뜨거 하며 후—후—부는 초코가 역시 좋아서, 하지만, 뭐랄까, 너무나 좋아서 견딜 수 없는 것과는 좀 다른, 자연스럽게 좋아하는 것 같은, 분위기로는 좋다, 그런 비슷한. 그야 좋아하지, 비슷한, 그것이 계속 이어져서.

초코는 비교적 쉽게 남자에게 반하는 편이었다.

겉으로는 드러내지 않지만.

본인 왈, 문득 누군가를 멍하니, 괜찮네, 그렇게 생각하게 되어서, 그러다가 그 녀석에 관해서 자주 생각하게 되고, 좋아하는구나 하고 자각하게 되어, 좋아하는 거다 하고 생각하는 동안에는 좋아한다고 한다.

사귀고 싶다거나 그렇게는 생각하지 않아?

그렇게 물어보니, 전혀 생각하지 않는 건 아니지만, 그렇게까지 강하게는 생각하지 않는다고. 그런 건가?

초코를 좋아하니까, 가능하면 사귀고 싶다는 마음이 없는 건 아니지만, 초코는 누군가 다른 남자아이를 좋아해서, 지금은 누가 좋은 건지 나도 모르게 물어보면 초코는 솔직하게 가르쳐주고…. 그렇구나, 그럼 있잖아. 그럴 마음이 없다고 해도 친해지면 좋겠다거나, 그 녀석에 대해 좀 더 알게 되면 좋겠다거나…, 뭐랄까, 그러기 위해 움직여보거나 하기도 했지.

초코가 부탁하지도 않았는데 내 멋대로.

왜 이런 일을 하는 걸까? 그런 마음이 안 드는 것도 아니었다.

아니, 자주 생각했다. 나는 바보구나. 그렇게.

하지만 초코는 붙임성이 없고, 어느 쪽인가 하면 무표정이지만, 좋아하는 남자아이와 말을 하거나 하면 역시 약간 흥분해서 말을 끝낸 뒤에 멍—하고 있거나, 얼굴이 살짝 붉어지거나 해서…, 아, 초코가 기뻐하는구나 하고 느끼면 나도 기뻐지고.

뭐라고 할까, 초코와는 오랜 사이지만, 어떻게 하면 초코를 기쁘게 해줄 수 있을지 그런 건 생각해봐도 잘 모르겠다.

초코는 꽤 신비주의적인 구석이 있어서, 책도 안 읽고 음악도 안 듣고, TV도 거의 안 보고, 때때로 흥미 비슷한 걸 갖기는 해도 금방 싫증을 내고 그만둔다.

뭐랄까, 이건 분명히 좋아한다—는 그런 게 없냐고 물어보면, 응, 없어 하고 즉답한다.

종잡을 수 없고, 그래서 더 궁금하고, 기쁘게 해주고 싶지만, 웃는 얼굴이 보고 싶지만, 좀처럼 잘되지 않는다.

초코는 그런 녀석이었다.

그래서 뭐든 좋으니까 초코를 기쁘게 해주고 싶었다.

뭐, 다소는 안타까웠지만.

그날 밤에도 자판기 앞에 앉아 멍하니 있노라니 초코가 왔다. 왠지 초코가 올 것 같다는 느낌은 들었지만, 대개 그렇게 생각할 때에는 오히려 오지 않는 경우가 많다. 하지만 그날 밤은 정말로 초코가 와서, 속으로 잘됐다고 생각하고 V자를 그리고 싶은 기분이었는데, 꾹 참고 아무렇지 않은 척 "안녕" 하고 인사했더니 초코는 오른손을 살짝 들고,

"안녕."

그 말투라거나, 몸짓이라거나, 무지하게 귀여워서, 아, 역시 그거네, 초코를 좋아하네—하고 재확인하고, 하지만 초코는 지금 같은 반의 히데마사라는, 드문 성씨를 가진 남자애를 좋아하고…. 이 히데마사라는 애가 또한 착한 녀석이라서, 외모도 꽤 괜찮고. 초코는 남자를 보는 눈이 있다니까.

뭐지?

여자들한테 엄청 인기가 있는 건 아니지만, 남자가 보기에—이 녀석 좋은 녀석이란 말이야. 왜 여자들은 그걸 모르지? 아니, 모르는 것도 아닌가? 남몰래 이 녀석을 나쁘지 않다고 생각하는 여자들

이 항상 한두 명이나 몇 명은 있는 것 같은, 초코는 그런 남자를 항상 잘 골라내서 좋아한다.

내가 보기에도, 아—이해해. 그런 느낌.

녀석이라면 어쩔 수 없지, 그런 비슷한.

응원할게. 할 거야. 그야. 왜냐하면, 녀석이 상대라면 이길 수 없으니까. 그렇게 너무 앞서가는 생각이긴 해도, 녀석이라면 초코를 행복하게 해줄 것 같다, 그런 비슷한 느낌.

초코는 탄산 음료를 샀다. 사이다 비슷한 것. 따개를 따고 입을 댔다. 살짝 얼굴을 찡그리고 우우 하고 신음한다.

"목 따가워."

"있잖아."

"응."

"목이 아픈데 왜 탄산 음료를 마셔?"

"마시고 싶으니까."

"그렇겠지."

"하지만, 뭐랄까, 너무 많이 마시면 몸에 나쁠 것 같아."

"좋지 않을지도. 운동선수라거나 그런 사람들은 안 마시는 게 좋대, 탄산은."

"그렇구나. 난 운동 안 하지만."

"그럼 괜찮겠다."

"가끔씩이니까."

"그렇게 말하면서, 꽤 마시지 않아?"

"여기 아니면 거의 안 마시는데."

"그렇구나."

지난번에 히데마사랑 노래방에 갔는데—라고 말을 꺼냈다.

초코는 관심이 없는 것 같았다. 관심이 없는 척을 하면서 실은 귀를 기울이고 있는 것 같기도 하다.

분명히 듣고 있겠지. 어차피. 그렇게 생각하면서 히데마사가 부른 곡에 관해서 이야기했다. 얼마 전에 유행했던 아이돌의 곡으로 주위 분위기에 맞춘 느낌이었다거나. 하지만 모두 아는 곡이라서 다들 꽤 신이 났다거나.

히데마사는 그런 구석이 있거든. 그런 이야기.

왠지 살짝 피곤해서 말을 안 하고 있었더니 히데마사가 걱정해서 말을 걸어주었던 일이라거나.

히데마사는 정말 좋은 녀석이라는 이야기.

"나는" 이라고, 갑자기 초코가 말을 시작했다. "배려나 마음 써주는 거 못하니까, 그런 걸 잘하는 사람이 좋다고 느끼는 건지도."

"아—, 그렇구나. 자기한테 없는 걸 찾는 그런 거?"

"역시 나에게는 그런 점이 없다고 히로도 생각해?"

"아니, 그렇지는 않지만. 사람을 불쾌하게 만들 짓은 안 하잖아."

"안 하나?"

"그렇게 생각하는데."

"히로도 안 해."

"그래? 어라? 나도 배려 같은 거 하고 있나?"

"나한테는 하지 않아?"

"음—, 뭐, 알고 지낸 지 오래되었으니까."

"히로는 없어?"

"어, 뭐가?"

"좋아하는 사람이라거나, 마음에 걸리는 아이라거나."

어떻게 대답을 해야 좋을지 망설이고, 생각하고, 심장이 벌렁벌렁해서, 이건 기회인가? 생각하기도 했지만, 아니, 뭐가 기회야? 전혀 기회가 아니라고 다시 생각했다.

초코는 좋아하지만 뭔가 다르다. 그런 생각도 들었다.

다르지는 않지만 달라.

뭐지?

그런 건 이미 지나쳤다고나 할까. 초월했다고나 할까.

나는 아무래도 상관없이 초코가 행복하다면 좋겠다거나. 바보 같다고나 할까, 정말로 그렇게 생각하는 건가? 하고 묻는다면—글쎄?

이대로도 좋아. 이대로가 좋아. 그런 식으로 생각하는 건지도.

계속 유지해온 이 거리라면, 이렇게 둘이서 이야기할 수도 있고. 언젠가 초코에게 남자친구가 생긴다거나 하면 그럴 수는 없게 될지도 모르지만. 그때는 그때고. 그건 그거고, 그런 느낌.

왜냐하면 초코는 언제나 다른 누군가를 좋아했고 그것을 계속 봐왔으니까. 안타깝다고 하면 그렇긴 하지만 익숙하니까.

초코는 좋아하지만.

"없어. 있다면 말하지."

"별로 알고 싶지는 않은데."

"우와. 너무해—. 나는 항상 들었는데."

"얼간쟁이."

"…무슨 말 했어?"

"응. 말했어."

“아니, 들리긴 했지만….”

무슨 의미일까?

하지만 그건가? 아무리 초코라도 눈치챘을지도.

내가 초코를 좋아한다는 걸.

그 정도는 알지도. 알까?

초코가 옆에 쪼그리고 앉았다.

어깨 바로 옆에 초코의 어깨가 있다.

초코는 고개를 숙이고 있다.

“언젠가 히로한테 좋아하는 사람이… 생긴다면.”

“응….”

“가르쳐줘.”

“알고 싶지 않다며?”

“그렇게까지는. 그래도, 가르쳐줘.”

“좋아.”

초코는 얼굴을 이쪽으로 향하고 살짝 입꼬리를 올리며 아주 살짝, 눈을 가늘게 떴다.

“히로는 거짓말은 안 해.”

“때와 장소에 따라 다르지만. 초코에게는 안 해…. 안 하나?”

“알고 있어.”

거짓말, 하고 있는데.

분명 뻔히 들여다보이는 거짓말.

나, 있잖아, 아주 예전부터.

계속, 계속 초코를, 초코만을 좋아해.

말할 수 없지만.

분명 평생 말하지 않

.

15. 사선(死線)

――――――――――――――――생각이 났다… 는 느낌이 들었다.

여러 가지 일이.

그런 느낌이 든 것이다.

하지만 기억이 나지 않는다.

거기에 손이 닿았다. 틀림없이.

그런데도 아무것도 기억이 나지 않는다. 지금은.

한순간 전에는 아니었다. 전부 떠올랐다.

하지만 그 전부가 뭐였는지 모르겠다.

모를 리가 없다. 알고 있었던 것이다. 그 감촉만은 있다.

남아 있다.

여기에.

가슴 한가운데쯤에.

여기에 뭔가가 있었다.

없어졌다. 완전히 떨어져나가서 그 부분에 구멍이 뚫렸다.

그 구멍의 형태를 더듬으면 그것이 무엇이었는지 왠지 추측은 할 수 있다.

초코다.

초코가 떠올랐고, 잊어버렸다. 초코에 관한 것을.

하루히로는 아마도 초코를 알고 있었다. 아는 사이였다. 친구인지 뭔지 그런 거였다.

아는 것은 역시 그것뿐이다.

그 밖에는 아무것도 남아 있지 않다. 단서조차 없다.

"—하루히로…!" 란타가 그를 마구 흔들었다. "어이, 너! 뭘 멍하니 있는 거야! 이런 때에! 지금 그럴 때가 아니잖아…!"

"그—"

그런… 건.

알고 있어. 안다고.

—알고 있어?

정말로?

아니, 란타 말이 맞다. 그 말대로다. 뭘 멍하니 있는 거야? 키퍼조란 젯슈와 그 측근들, 그리고 오크의 주술사들이 보루 1층에서 맹위를 떨치고 있다. 의용병들이 마구 쓰러지고 있다. 초코. 아아, 초코.

초코네도, 죽었다. 죽었어. 상큼 군도, 실실남도, 신관 군도, 짧은 머리 씨도, 그리고 초코도. 키다리 군은 어떤가? 벽 쪽에서 나뒹굴고 있다. 적어도 멀쩡하지는 않다. 큰 부상을 당했다. 모두 죽임을 당했다. 오크에게.

초코가 살해당했다.

충격은 충격이다. 하지만 뭐지? 슬프다거나, 서운하다거나, 괴롭다거나, 그런 게 없는 건 아니지만, 그렇게 심하지는 않다.

왠지 몽롱하다. 이걸로 괜찮은 건가? 그런 비슷한. 물론 충격을 받았다. 같은 의용병이고. 후배고. 이야기를 나눈 적도 있고. 여기에 오기 전에 아는 사이였는지도 모르고. 죽다니. 하지만 다르다.

좀 더 뭐랄까—뭔가 좀 더 있는 것 아닐까? 비슷한.

이런 게 아니잖아. 초코가 죽었는데 이 정도라니, 너무한 거 아니야?

근거는 없지만.

아는 사이였다고 해도 어떻게 알던 사이였는지도 모르고. 그저 서로 알고 있는 이야기를 한 적은 있는, 그 정도였는지도 모르고.

무엇보다도 지금은 그럴 때가 아니다. 란타 말이 맞다. 상황은 절박하다. 살아남은 의용병들은—렌지네도 조란 젯슈 일당과 격전을 벌이고 있는 것이다. 심지어 렌지는 조란과 검을 맞부딪치고 있다. 그것도 밀리고 있다.

아니, 밀리는 정도가 아니다.

렌지는 조란의 곡도를, 검을 튕겨낼 수조차 없다. 할 수 없는 건가? 피한다. 필사적으로 피한다.

렌지는 피투성이다. 치명상은 입지 않은 것 같으나 머리를 상당히 칼에 베였다.

"—젠장…!" 론이 가세하려고 했지만 렌지가 "오지 마!" 라고 외쳤다. "성가시다…! 아무도 가까이 오지 마…!"

남자와 남자의 1대 1 결투이기 때문이라거나, 분명 그런 이유가 아니다.

너무 위험하기 때문이다.

조란의 저 팔 길이, 두께. 어깨와 가슴의 두께. 저 움직임. 그리고 저 곡도. 오르타나에 쳐들어왔다가 렌지에게 당한 이슈 도그란보다도 조란은 아마 더 위험할 거다. 분명 일격이다. 한 방이라도 제대로 맞으면 그 순간, 끝난다.

측근 오크들조차도 휘말리기를 겁내는 건지 조란에게 다가가려고 하지 않는다.

그 결과, 조란과 렌지는 1대 1 형태가 되었는데, 물론 측근 오크와 주술사들과 다른 의용병들과의 사이에서도 싸움은 펼쳐지고 있다.

그쪽도 열세.

대열세다.

론은 측근 오크와 코등이싸움을 하고 있지만 벅찬 것 같고, 꼬마, 삿사, 아다치는 벽 쪽으로 밀리고 있다. 측근 오크와 호각으로 겨루는 의용병이 몇 명이나 있을까? 극소수다. 나머지는 당장이라도 당할 것 같거나, 현재 진행형으로 당하고 있거나.

"주술사…!" 시호루가 외쳤다.

그쪽을 보니 계단을 내려가는 입구 근처의 하루히로 일행 쪽으로 주술사로 보이는 오크가 다가오고 있다.

"우워…!"

모구조가 앞으로 나서자 주술사는 발을 멈추고 허리에 찬 단지를 들어 올리더니 뚜껑을 열었다. 단지 속에서 뭔가가 나온다. 벌레. 벌레인가? 분명 벌레다. 벌레 떼.

"크악…?!"

엄청난 벌레 떼가 모구조의 머리에 달라붙었다. 모구조는 투구를 썼지만 벌레는 작다. 벌어진 틈새로 파고들어간 모양이다.

"—끄아아아아아아아…!"

모구조는 몸부림치다가 주저앉으려고 했다. 위험하다.

안 된다.

"앉지 마…!" 하루히로는 반사적으로 말했다. "모구조, 앉지 마!

움직임을 멈추면!"

"끄아앗!" 모구조는 비틀대면서 검을 휘둘러댔다. "끄아아아아아아…!"

"젠장! 비겁한 잔재주를…!"

뛰어나간 란타가 한참 달리던 기묘한 자세로 딱 정지했다.

"…끄, ㅇㅇㅇㅇㅇㅇㅇㅇ…."

"뭐야…?!"

혹시나 이것도 주술인가? 방금 전에 모구조에게 벌레를 보낸 주술사가 란타에게 손바닥을 향하고 있다.

"염력이라는 건가…!"

"에잇…!"

유메가 활을 겨누어 화살을 날렸다. 주술사가 펄쩍 뛰어 화살을 피하자 란타는 움직일 수 있게 된 모양이다.

그건 좋았지만 그 화살이 론의 얼굴을 스쳤다. "…위험하잖앗! 어이!"

"우왓, 미, 미안!"

"화살은 안 돼, 유메! 난전이니까…!"

"그러네. 응, 알았어!"

"옴 렐 엑트 파람 다슈…!"

시호루의 지팡이 끝에서 그림자 엘리멘탈이 튀어나갔다. 그림자 엘리멘탈은 나선을 그리며 날아가 주술사에게 명중해서 코와 입을 통해 몸 안으로 들어갔다.

섀도 콤플렉스.

먹혔나?

주술사는 한순간 휘청거리더니 머리를 흔들었다. 하지만 그것뿐이었다.

시호루는 이를 악물었다. "—레지스트(저항)했다…!"

"나한테 맡겨봐…! 헤이트리드으으읏…!"

란타의 공격은 날카로웠다. 하지만 주술사는 예상하고 있었던 건가? 가볍게 뛰어 물러서고 교대하듯이 측근 오크 A가 앞으로 나왔다.

측근 오크 A의 검 가하리와 란타의 롱 소드가 충돌한다.

코등이싸움이 되었다.

"우읏! 리젝트…!"

란타는 곧바로 뒤로 젖혀 거리를 두려고 했으나, 측근 오크 A가 밀어붙인다.

"오옷슈웃…!"

"—끙…!"

란타의 자세가 허물어지려고 했다. 이것 역시 위험하다. 당한다. 엄호해야 해. 할 수 있을까? 하루히로는 자기 자신을 타일렀다. 하는 거다. 뛰어나가려고 했더니 측근 오크 B가 나와서 앞을 가로막았다. 엄청난 위압감이다. 식은땀이 확 솟아났다. 정말로 싸워야 하는 건가? 이런 것과.

"옷슈! 옷슈! 옷슈! 옷슈…!"

"큭! 웃…! 웃! 웃…!"

스와트, 스와트, 스와트, 스와트.

큰일 났다. 손이 저리다. 눈이 돌아간다. 무섭다. 너무 무섭다. 무리라니까. 세다. 힘이.

당한다.

"스매시…!"

절묘한 타이밍이었다. 메리가 측근 오크 B를 석장으로 내리친 것이다.

아니, 안 되나?

측근 오크 B는 너무나 간단히 방패로 석장을 튕겨내고는 하루히로에게 몸을 향한 채로 메리 쪽을 보았다. ―안 되지 않아.

지금이다.

하루히로는 힘껏 측근 오크 B에게 돌진했다.

측근 오크 B는 방패로 하루히로를 때리려고 했던 건지도 모른다. 하루히로는 빠져나갔다.

스쳐 지나치면서 샷사가 하던 걸 흉내 내어 측근 오크 B의 목덜미에 대거를 꽂았다.

그 직전이었는데.

"크악…?!"

벌레. 벌레다.

하루히로는 곧바로 입을 다물고 눈을 감고 몸을 낮췄다. 벌레. 벌레다. 주술사. 언제. 어디에, 주술사가? 벌레. 벌레가.

"물러서, 하루…!"

메리. 하지만 물러서라고 해도 어느 쪽으로 이동하면 물러서는 건지. 그보다, 벌레가 입속으로. 뱉어내고 싶다. 하지만 입을 벌렸다간 더 들어올 것 같다. 눈도 뜰 수가 없다. 뭐가 어떻게 되었는지. 전혀 모르겠다. 위험하다. 본격적으로 위험하다.

죽는다.

지금 오크가 하루히로를 죽이려 하고 있을지도 몰라. 다음 순간 죽어버릴지도 몰라.

"하루 군, 이쪽…!" 누가 손목을 잡고 끌어당긴다. 유메인가?

갑자기 생각이 났다. 물. 물이다.

하루히로는 물통을 꺼내어 안에 든 물을 끼얹었다. 얼굴을 닦는다. 입속의 벌레를 뱉어낸다. 보인다. 숨도 쉴 수 있다. "—이제 괜찮아…!"

아니, 전혀 괜찮지 않다니까.

란타는 측근 오크 A에게 압도당하고 있다. 언제 당해도 이상할 것 없다. 모구조는 벌레의 영향도 있어서 그런지 측근 오크 B를 간신히 맡고 있는 느낌이다. 측근 오크 C로부터 시호루를 지키려고 분투하는 메리가 보기에도 위험하다. 어떻게든 해야 해.

팀 렌지도 렌지는 여전히 조란에게 몰리고 있고, 다른 네 명은 뭉쳐서 방어에 전념함으로써 간신히 버티고 있는 것에 불과하다.

몇 명의 의용병이 살아남은 건가?

전멸.

그런 단어가 머리를 스쳤다.

당할쏘냐. 전멸이라니. 농담이 아니야.

"유메는 메리를…!"

하루히로는 유메를 메리 쪽으로 보내고 란타를 돕기로 했다. 문제는 어떻게 해서 구하는가. 측근 오크 A의 뒤로 돌아가려고 했다가는 다른 오크가 내 뒤로 들어와버릴 것 같다.

검이 눈에 들어왔다. 바닥에 떨어져 있다. 검. 누구 거지? 누구 것이든 상관없다.

하루히로는 검을 집어 들어 측근 오크 A를 향해서 던졌다. 지푸라기라도 잡는 심정이다. 하지만 측근 오크 A는 방패로 날아온 검을 튕겨내고 살짝 물러섰다. 그 사이에 란타는 한숨 돌릴 수 있게 되었다.

"젠장, 못해먹겠네…! 진짜로! 진짜…!"

"조디악은 어떻게 된 거야?"

"당했어! 한 방에! 약하다니까, 그 바보! 앵거어어어…!"

이 와중에 반격으로 돌아서는 란타는 꽤 대단한지도 몰라.

사실 측근 오크 A는 그 이상이다. 란타의 롱 소드를 너무 쉽게 떨쳐낸다. 측근 오크 A는 뒤집은 검으로 란타의 머리를 강타했다. 머리. 머리다.

"끄악…."

투구를 쓰긴 했지만 머리는 위험하다. 란타는 비틀거렸다.

"그렇게는 안 된다…!"

하루히로는 이판사판으로 몸을 던져 측근 오크 A에게 돌격—하는 척하고는 측근 오크 A가 이쪽을 향하자 자세를 갖췄다. 오너라. 덤벼. 왔다. 스와트, 스와트, 스와트.

"태세 다시 갖춰, 란타…!"

"—말 안 해도 알아…! 우오오오오오아아아! 백열참회참(白裂懺悔斬)…!"

그런 스킬 없잖아? 엉망진창이네. 란타는 측근 오크 A를 롱 소드로 마구 때리고 있다. 상대가 전부 막아내긴 했지만. 그래도 측근 오크 A가 방어로 돌아섰다. 그거다.

공격하자.

다소 무리를 해서라도 공격해서, 한 명이라도 좋다, 적의 숫자를 줄이지 않으면 아무것도 할 수가 없다. 뒤다. 측근 오크 A의 뒤로 파고든다. 백 스태브 일격으로 잠재워주지. 한다. 해낸다. 그렇게 결심한 직후였다.

"우캬아…!"

유메다. 비명. 유메가 뒹굴고 있다. 그게 아니라 날려간 것이겠지.

어깨에서 가슴까지 피가.

당한 건가? 측근 오크 C에게.

측근 오크 C가 유메에게 덤벼든다. 메리가 그 앞을 막아서려고 휘두른 석장은 그러나 무정하게도 간단히 방패에 튕겨나가고—측근 오크 C가.

"위험…."

하루히로는 달렸다. —늦을… 지도.

유메는 하지만 애썼다. 투척용 나이프를 던진 것이다. "—별 뽑기다…!"

측근 오크 C는 한 발짝 뒷걸음질쳐서 투척 나이프를 피했다. 그걸로 벌게 된 아주 잠깐 동안의 시간일 뿐이지만, 덕분에 늦지 않을 것 같다. 이제 나는 어떻게 되어도 좋다. 하루히로는 측근 오크 C를 몸으로 결박할 작정이었다. 그런데, 도대체 뭐야?

뭔가가 바로 옆에서. 왼쪽으로 기척. 자기도 모르게 그쪽을 보고 말았다. 봐서 다행이다. 주술사. 크게 숨을 들이켜고, 뱉어내려고 한다. 뭘? 입에서—불꽃…!

"읏…!"

하루히로는 반사적으로 바닥으로 몸을 날렸다. 아슬아슬하게 불꽃을 정통으로 맞는 건 피했지만, 뜨겁다. 뜨겁잖아. 아니, 불타고 있다. 망토가. 그보다 유메가.

끝났다.

측근 오크 C가 검으로 내리치려고 했다. 끝났다. 유메가 당한다. 아니다.

"끙차…!"

끝나지 않았다. 모구조가 있다. 하루히로네 팀에는 모구조가.

모구조는 측근 오크 C에게 몸으로 태클을 걸어 날려버렸다. 하지만 주술사. 또 주술사가 온다. 화염 방사다. 불꽃을 토해내어 모구조가 불덩어리가 되었다. 그게 대수냐는 듯이 식칼검을 마구 휘두르는 모구조의 기백이 무서웠는지 주술사가 도망친다.

"후퇴…!"

외치고 나서, 그것밖에 없다고 하루히로는 생각했다. 무리다. 이길 수 없다고나 할까, 죽는다. 이대로는 모두 죽어버린다. 죽고 싶지 않다. 죽는 것이 무섭다기보다도, 동료를 죽게 하고 싶지 않다. 죽지 말았으면 한다. 안 된다. 죽게 하지 않아.

"일단 후퇴! 아까 그 감시탑까지…!"

하지만 가능할까?

16. Last Stand

—결론부터 말하자면, 가능했다.

불이 붙은 망토를 벗어서 가까이에 있던 오크에게 뒤집어씌운 건 기억이 나고, 유메를 잡아끌어 일으켜서 억지로 달리게 했다. 그 뒤는 솔직히 잘 모르겠다. 무아지경이었다.

감시탑 계단에, 1층으로 내려가지 않은 채 상황을 지켜보던 파티가 있었다. 그 녀석들과 교대했다고나 할까, 그 녀석들을 쫓아내고 하루히로 일행은 지금 한숨 돌리고 있다.

메리는 중상을 입은 유메를 먼저 치료했고 지금은 모구조를 치료해주고 있다. 갑옷과 투구는 무사하지만 화염 방사를 정통으로 맞았기 때문에 화상을 입었을 것이다. 괜찮은가? 아니, 괜찮을 리가 없지만.

"고마워, 모구조." 유메는 모구조 옆에 앉았다. "있잖아, 모구조가 와주지 않았다면 유메는 있지, 죽었을 거야."

"아, 아니야, 무슨…. 그리고 동료, 잖아."

"그렇구나. 그렇지."

란타는 계단에 걸터앉아 자기 무릎을 껴안고 있다. 유난히 얌전하다. 메리도 거의 입을 열지 않았고 시호루도 말이 없었다. 하루히로도 말하고 싶지 않다. —위험하다.

정말로 위험했다.

용케도 다들 살아 있다. 기적이다. 어딘가에서 뭔가 하나라도 실수를 했다면—아니, 실수는 했다. 분명, 아주 많이. 실수를 하든 안 하든 상관없이 운이 나쁘면 누군가가 죽고, 한 명이 죽으면 순식간

에 무너졌겠지. 두 명, 세 명, 계속 죽고, 눈 깜짝할 사이에 전멸했음에 틀림없다. 운이다. 운이 좋았던 거다. 그것뿐이다.

후회한다. 그 결단도 옳은 것이었는지, 아닌지. 후회하는 와중에 누군가가 당했다면 역시 전멸이거나 그에 가까운 상태가 되었겠지. 우연히 그렇게 되지 않았다.

그렇게 되지 않아서 다행이다.

하루히로의 판단 덕분이 아니다.

운이 따랐던 것뿐이다.

"…어떻게 해?" 란타가 중얼거리듯이 말했다.

아무도 대답하지 않는다. 어떻게 해…?

어떻게 하냐니—.

무리잖아. 그야. 이제 싸울 수 없다. 완전히 역부족이다. 렌지네도 고전하고 있다. 고전 정도가 아니라 거의 당하고 있다. 어쩌면 지금쯤 당했을지도 모른다.

하루히로는 고개를 들었다. 그제야 자기가 지금까지 고개를 숙이고 있었다는 사실을 깨달았다.

동료들의 시선이 하루히로에게 쏟아진다.

어째서?

—그렇구나.

리더… 니까? 하루히로가 이 파티의 리더니까. 결정해야 하는 건가? 어떻게 할지.

하지만 어떻게 하냐는 질문을 받아도 결정할 수 없다. 웃기지 마. 강요하지 마. 없다니까, 그런 힘. 책임이라거나 그런 거 너무 무거워. 못하겠다고. 무엇보다, 너무 많이 죽었어. 무지하게 죽었잖아. 무섭다고. 이런 건. 그만 좀 해줘. 죽음—.

죽었다고.

초코도 죽었다.

모두 죽는 건가? 렌지네도, 그리고—우리도. 모두.

초코와 마찬가지로 죽는 거다.

무리야.

이제 끝이다. 말하고 싶어. 결정한다거나 그런 건 무리. 이제 싫어. 그만둘래. 리더 같은 거 못해먹겠어. 알 게 뭐야. 멋대로 해. 다들 좋을 대로 하면 되잖아. 바라지 마. 기대하지 마. 책임질 수 없으니까. 못하겠다고. 왜냐하면 죽거든. 죽는 것밖에 없잖아. 어떻게 해도 안 된다니까. 불만이 있으면 누군가가 결정해. 아이디어 내봐. 이렇게 하면 된다고 말해줘. 가르쳐줘.

말할 수 없다.

그런 말을 하면 어떻게 될지. 뻔히 보인다. 파티가 붕괴해버려.

—아.

아니다. 아니야.

그게 아니라.

결국 자기를 위해서다.

이렇게 절박한 상황인데도 아직 체면을 차리고 싶다. 멋을 부리고 싶다. 동료를 실망시키고 싶지 않다. 하루히로는 훌륭한 리더가 아니고, 그렇게 되는 것도 불가능하겠지. 하지만 최저이자 최악의 리더라고 동료들이 얕보는 것만은 피하고 싶다. 모두의 미움을 받고 싶지 않다. 외면당하고 싶지 않다. 마지막까지 적어도 동료라고 생각해주었으면 한다.

한심한 것도 정도가 있지.

꼴불견 정도가 아니다. 너무 지독해.

어차피 이런 건가? 난 마나토가 아니니까, 뭐 대충 이런 거겠지.

"…상황, 보고 올게."

하루히로 일행은 나선 계단을 조금 올라간 곳에 모여 있었다. 여기에 있어도 싸우는 소리와 목소리는 들리지만 상황은 알 수가 없다. 아마 알고 싶지 않으니까 여기에 있는 거겠지. 아무도 여기에서 움직이려고 하지 않는다.

하루히로도 그렇다. 하지만 여기에 있고, 모두가 뭔가 바라는 것 같은—이런 표현은 너무 심할지도 모르지만, 어떻게 좀 해줘, 그런 비슷한, 매달리는 것 같은 눈길로 보는 것보다는 좋다. 무서운 걸 굳이 보고 싶어하는 심리도 없지는 않았다.

계단을 내려가 얼굴을 내밀었다. 하루히로는 이를 악물었다. "렌지…."

팀 렌지는 아직 분투하고 있다. 론과 꼬마가 삿사와 아다치를 어떻게든 지키려고 피투성이가 되어 싸우고 있고, 렌지는 키퍼 조란 젯슈와 처절한 1대 1 싸움을 계속하고 있다. 조란은 거의 부상을 입지 않았으나 렌지는 어디를 어떻게 다쳤는지조차 모를 정도의 참혹한 꼴로, 그래도 서 있다. 조란의 쌍검을 피하며 멈추지 않은 채 움직이고 있다. 처절. 그야말로 처절하다고밖에 표현할 말이 없다.

그 밖에 살아남은 의용병은—그래도 대여섯 명은 있는 건가? 오크 쪽은 거의 손해가 없다.

하지만 애당초 왜 일이 이렇게 된 거지…?

처음에 1층까지 내려와서 감시탑으로 올라갔을 때 조란 일행은 없었다. 어딘가에 숨어 있었나? 1층에 계단 이외에도 문이 있다. 문은 전부 열려 있었다. 일단 오크가 없는지 의용병이 수색했다고 한다. 하지만 발견하지 못했다. 어쩌면 비밀 지하실이라도 있는 건지도 몰라. 조란 일행은 거기에 숨어 있다가 의용병들이 감시탑으로 간 후에 나왔다. 그런 건지도 모른다.

조란의 측근은 주술사 세 명을 포함해서 20명 정도다. 분명히 지금까지의 오크보다 한 단계, 아니, 두 단계는 더 강하다. 정예 대원만 모아놓았다.

팀 렌지가 다섯 명이고 그 밖에 여섯 명—아니, 다섯 명의 의용병. 그리고 하루히로 일행 여섯 명. 상대방이 더 많고 개인의 전투 능력 평균치도 분명 상대 쪽이 높다.

하지만 이건—절망적인 차이인가…?

머지않아 의용병들은 쓰러지고, 렌지 일행도 한 사람, 또 한 사람씩 당하고 절망적인 차이가 된다. 하지만 지금은? 현시점에서는? 현시점. —현시점.

전력. 이쪽은 이것이 모든 전력이 아니다. 카지코네 와일드 엔젤스는 아마도 아직 감시탑에서 내려오지 않았을 것이다. 그녀들은 전부 열여덟 명. 몇 명이 줄었다고 해도 열다섯 명 정도겠지. 카지코는 강해 보이고, 그녀들이 오면 단숨에 역전도 가능하지 않을까? 브리 씨는? 본대를 보러 간다고 했는데. 원래 별동대의 역할은 견제와 양동이고, 본대가 정문을 부수고 보루를 함락시킬 계획이었다. 예측하지 못했던 사태인지 뭔지가 생겨 늦어졌지만 분명 본대도 조만간 올 것이다. 그러면 틀림없이 이쪽이 유리해진다.

그때까지 기다릴까? 본대가 올 때까지 감시탑에 숨어 있으면—

아니야. 언제 올지 모르고, 만약 본대 도착 전에 렌지네가 전원 다 죽어버리면 위험하다. 그렇게 되면 적은 보루 안에 인간이 더 없는지 확인하려고 하겠지. 감시탑 위에 있어도 결국은 발견된다.

본대는 믿을 수 없다.

하지만 카지코는 믿고 싶다.

그럼, 카지코가 내려올 때까지 여기에 있으면 되는 건가? 그때까지 렌지네가 버틸지, 어떨지. 솔직한 심정을 말하자면, 어떻게든 버텨주길 바란다. 이제 위험을 무릅쓰고 싶지 않다. 하루히로 일행은 여기에 숨어 있다. 렌지네가 버틴다. 카지코가 온다. 형세 역전. 이것이 이상적이지만, 그렇게 된다는 보장은 없다.

렌지네를 돕고 싶다는 마음은 물론 있다. 렌지 입장에서 보면 하루히로네는 쓸모없는 잡어에 불과하겠지만, 그래도 동기인 것이다. 렌지네는 벼랑 끝에 서 있다. 그걸 알면서, 아니, 아는 정도가 아니라 이 눈으로 보고 있으면서 아무것도 하지 않는 것은 뒤끝이 찜찜하다.

게다가 전력적으로도 렌지네가 남아 있어주지 않으면 곤란하다.

카지코의 와일드 엔젤스가 얼마만큼 하는지는 모르지만, 만약 팀 렌지와 다른 의용병들이 이대로 전멸하고 그때 카지코네가 온다면, 숫자상으로는 거의 호각이거나 다소 뒤진다. 조란은 엄청나게 강하니 카지코네가 반드시 이길 거라고는 생각할 수가 없다. 카지코네가 지면 하루히로네의 목숨도 위험하다.

어느 정도의 시간 동안 생각에 잠겨 있었을까? 모르겠다. 하지만 태평하게 굴 수는 없다. 그것만은 분명하다. 서두르자. 할 일을 결정하자.

아무것도 하지 않으면, 아마도 하루히로는—하루히로 일행은 죽는다. 그렇다면 이미 반은 죽은 거나 마찬가지 아닌가? 그렇게 생각하니 왠지 편해졌다.

초코. 이제 곧 만날 수 있을지도 몰라. 그러면 천천히 이야기를 하고, 잊어버린 것들을 하나씩 떠올리자.

하루히로는 동료들이 있는 곳으로 돌아갔다.

"미안, 다들. 위험하지만 조금만 더 애써보자. 렌지네를 돕는 거야. 노리는 건 주술사만으로 좁힌다. 놈들은 주술 이외에는 별거 없어."

—라고 생각한다—고는 말하지 않았다. 굳이 단언했다. 속이는 거나 마찬가지다. 동료를, 그리고 자기 자신을 속인다. 하지만 어째서인지 양심에 찔리지는 않았다.

"아마도 주술사 중 하나가 아바엘인지 뭔지 하는 놈일 거야. 금화 50개. 조란은 무리지만 아바엘이라면 해치울 수 있어. 우리가 타내자, 50골드."

"—오오오오시이이입! 골드! 야호오오오오오오!"

란타가 단순한 녀석이라서 다행이다. 눈이 금화 모양이 된 란타가 계단을 뛰어 내려간다.

하루히로는 모구조의 등을 두드렸다.

"부탁한다, 모구조. 너만 믿는다."

"응…!"

유난히 사나이다운 대답에 살짝 놀랐다. 모구조도 란타 뒤를 따라갔다.

하루히로는 메리, 유메, 시호루와 마주보며 끄덕였다. 이걸로 된 건가? 괜찮아.

나선 계단을 내려가 1층에 발을 들여놓자 곧바로 주술사 한 명이 눈에 들어왔다. 한 명씩 해치운다. 하루히로는 그 주술사 A를 가리켰다. "저 녀석이다…!"

조란은 물론 측근 오크들에게는 눈길도 주지 않는다. 하루히로네는 한 덩어리가 되어 돌격했다. 주술사 A는 하루히로네를 보고 단지를 열려고 했으나, 이미 늦었다.

"앵거어어어어…!"

란타가 롱 소드로 주술사 A의 목을 찔렀다. 출발이 좋다. 하지만 자만하면 안 된다. 침착하게, 어디까지나 한 명씩 죽인다. 측근 오크가 덤벼들었지만 모구조가 "끄으으응차아아아!" 하고 날려버렸다. 주술사. 있다.

"다음은 저놈…!"

하루히로가 주술사 B를 가리키자 측근 오크들이 몰려들었다. 목적을 들킨 건가? 그렇다고 해도 우리는 할 일을 할 뿐이다.

측근 오크는 상대하지 않는다. 모구조가 "움머어어어!" 하고 돌진해서 길을 뚫고, 하루히로는 스와트로 물리치고 달려서 빠져나갔다. "—옴 렐 엑트 네문 다슈…!" 시호루가 섀도 본드로 측근 오크의 발을 묶고, 메리가 "하앗…!" 하고 다른 측근 오크의 방패에 석장을 때려 밀어냈다. "별 뽑기다냥!" 유메의 연속 투척 나이프가 측근 오크들을 겁먹게 했다—그런데 냥은 뭐냐고? 냥은. 상관없지만.

제일 먼저 주술사 B에게 달려든 것은 란타였다. 여기에서 그 기술이 튀어나갔다.

"이그저스트…!"

란타는 주술사 B 앞에서 갑자기 몸을 돌려 뒤로 점프했다. 주술사 B 입장에서 보면, 덤벼들던 인간이 갑자기 어째서인지 몸을 돌려 엉덩이로 돌격한 셈이 된다. 분명 깜짝 놀랐을 것이다. 주술사 B는 란타의 힙 어택을 정통으로 맞고 넘어질 뻔했다. 지금이다.

"읏…!"

하루히로는 질주했다. 주술사 B의 옆구리를 빠져나간다. 지금이다. 거꾸로 잡은 대거를 주술사 B의 목에 쑤셔 박았다. 감촉이 있었다. 샷사의 기술을 훔친, 스쳐 지나가며 백 스태브다. 주술사 B는 무너졌다.

"주술사를 두 명 해치웠다…!"

하루히로가 큰 목소리로 외치자 부활한 것처럼 팀 렌지가, 살아남은 의용병들이 적을 밀어붙이기 시작했다. 흐름이다.

흐름이 생겼다.

정신을 놓지 마. 자만하지 말라고. 하루히로는 자신에게 타이른다. 그러나 이 기회를 놓치면 후회할 것 같다. 어느 쪽이 정답인가? 모른다. 하지만 망설이는 동안에도 상황은 변한다. 실수할 것을 겁낼 틈이 없다.

"이길 수 있어…!"

타보자. 이 흐름을.

"이길 수 있다…! 밀어붙여…!"

봐라.

일단 흐름이 생기면 이렇게 된다.

"으랴아아아아아아아아아아아아아아아아아아아아아아아…!"

왔다. 무서운 목소리가. 카지코. 카지코네다. 와일드 엔젤스가 카지코를 선두로 해서 감시탑에서 내려온다. 그 최초의 돌격으로 측근 오크 둘이 칼을 맞고 쓰러졌다—기보다는 박살이 났다. 그런 느낌까지 받았다. 된다.

이건 되겠다. 이 형태는 완전히 승리 패턴이다. 그렇게 생각했는데.

1층으로 밀려들어온 와일드 엔젤스에게 세 명째의, 마지막 남은 주술사—분명 주술사 아바엘이 예의 화염 방사를 쏟아냈다. 그것뿐만이 아니다. 아바엘은 뭔가를 던졌다. 밧줄? 아니다. 움직인다. 뱀. 뱀이다. 한두 마리가 아니다. 상당한 숫자의 뱀이 와일드 엔젤스의 발치로 던져졌다. 비명. 와일드 엔젤스는 거품을 물고 있다. 거기에 렌지를 내버려두고 가는 것처럼 조란 젯슈가 돌진해서 베고, 베고, 또 베고 마구 베었다. 순식간이었다. 너댓 명의 여전사가 쓰러졌다. "—당황하지 마…!" 카지코가 조란을 막으려고 했다. 맞부딪쳤다. 카지코의 검과 조란의 쌍검이 얽힌다. 불꽃이 튄다.

물러섰다. 카지코가. 하지만 자기 스스로 물러섰다기보다는 밀려서 힘에 눌린 것처럼 보인다.

"젠장…! 이 이상 피해를 입을 수는…! 마코, 키쿠노, 아즈사 이외는 일단 후퇴해…!"

카즈코는 숙련자만을 남기고 후퇴시킬 생각인 모양이다. 렌지가 조란을 쫓아가 한 방 날리려고 했으나 가볍게 튕겨냈다. 어린애 취급이다. 저 렌지가. 아니, 렌지는 부상을 입었다. 숨도 거칠다. 피로도 상당할 것이다. 최소한 상처만이라도 어떻게 해줘야 한다. 꼬마는 론을 광마법으로 치료해주고 있는 것 같았다. 광마법. 힐링

마법이라면 떨어진 곳에 있는 사람도 치료할 수 있다. 신관. 있다. 꼬마 말고도.

"메리! 렌지에게 마법을…!"

"힐링은 상대방이 움직이면 안 돼! 장소 지정이니까…!"

"장소 지정—." 그런가. 힐링은 치유의 빛으로 어떤 장소를 비추는 마법인 것이다. 빛이 상처를 치료할 때까지 거기에 가만히 있어야 한다. 렌지는 조란과 싸우고 있다. 어디 한곳에 멈춰 서 있는 건 무리다. "—하지만 적어도 렌지를 쉬게 하지 않으면…!"

"나한테…! 나한테 맡겨…!"

란타가 아니다. 모구조다. 모구조가 자청하며 당당하게 말하다니. 나한테 맡기라고.

"움머어어어어어…! 끄으으으으응…! 머어어어어어어어…!"

모구조가 맹렬하게 조란에게 돌진했다. 엄청난 공격이었다. 빠르다. 일격 하나하나가 무겁다. 죽음의 반점 데드 스팟 같다. 조란이 수세에 몰렸다. 렌지가 곧바로 조란을 공격하려 했다. —참 내! 모구조가 무엇 때문에 애쓰는 건지 알아? 하루히로는 렌지의 팔을 잡았다. "안 돼…! 치료를 받아…!"

"…비켜."

"못 비켜…! 메리…!"

"응…!" 메리가 육망을 그리는 동작을 하면서 달려와서 렌지에게 손바닥을 댔다. "—빛이여, 루미아리스의 가호 아래에…, 큐어…!"

광명신 루미아리스의 빛을 쐬더니 렌지는 포기한 것처럼 움직이지 않았다. 메리는 렌지의 머리와 어깨, 옆구리의 상처에 손바닥을 향하고 치료를 계속했다. 하지만 해도 해도 치료가 끝나지 않는다.

호흡이 거칠어지는 게 위험해 보였고 안색도 나쁘다. 렌지는 피를 너무 많이 흘렸다.

란타가 측근 오크와 얽혀 있다. 유메도 다른 측근 오크에게. 시호루가 또 다른 측근 오크의 습격을 당했다. 하루히로는 황급히 끼어들어 스와트로 내리쳤다.

"이제 됐어…!" 렌지가 하루히로를 공격했던 측근 오크를 이슈도그란의 검을 한 번 휘둘러 쓰러뜨리고 조란을 향해서 달려갔다. "—교대해, 굼벵이…! 그놈은 내 먹잇감이다…!"

"싫어…! 혼자 하려고 하지 마…!"

모구조는 조란을 향한 채 왼쪽으로 쓱 이동하며 오른쪽 자리를 내줬다. 렌지는 빨려 들어가는 것처럼 그곳으로 들어가 2대 1이 되었다.

"나는 굼벵이가 아니야…!"

모구조는 식칼검을 종횡무진으로 휘두르며 공격한다. 숨 쉴 틈 없이 계속 공격한다. 렌지의 이슈 도그란의 검도 춤춘다. 강함과 부드러움으로 치자면 모구조가 강이고 렌지가 부드러움. 모구조가 힘이고 렌지가 기술. 그렇게 보인다. 조란은 이제 쌍검을 구사해서 두 사람의 검을 막아내는 게 고작이다. 거짓말 같다. 거짓말이 아니야. 사실이다.

"그렇다! 그거야…! 굼벵이 따위가 아니야! 좋아, 모구조…!"

마치 다른 사람 같다. 아니. 이것이 진짜 모구조인지도 모른다. 아마도 모구조는 굼뜨다거나, 그야말로 굼벵이라거나 그런 말을 많이 들었겠지. 그림갈에 오기 전 일이라서 기억나지 않는 건지도 모르지만, 그것이 몸에 배어서 모구조는 스스로에게 자신감이 없었다. 하지만 하루히로네와 함께 싸우면서 지금은 파티의 훌륭한, 지나칠 정도로 훌륭한 중핵이다. 하루히로가 없어도 메리가 리더를 맡으면 돌아가겠지만, 모구조가 없으면 곤란하다. 대체 불가능이다. 다들 그렇게 생각하고 있을 것이고, 모구조를 의지하고 있다. 모구조도 동료들의 신뢰를 느끼고 있음에 틀림없다. 그리고 지금은 자각하고 있다. 자신감이 생겼고 능력을 발휘할 수 있게 되었다.

저것이 분명 모구조의 본래 실력인 것이다.

렌지는 잘못 가늠했다. 모구조를 팀 렌지에 끌어들였어야 했다. 하지만 렌지가 모구조의 힘을 간파하지 못한 덕분에 최종적으로는 하루히로 일행과 파티를 짜게 되었다. 하루히로는 오히려 감사해야 하는 건지도 모른다.

모구조와 엮어준 이 인연에.

"남자 따위와 함께 싸우다니, 마음에 들지 않지만…."

카지코가 나서서 뒤에서 조란에게 덤벼들었다. 조란은 옆으로 뛰어서 도망친다. 저 조란이 도망치고 있다.

"현상금은 공평하게 나눈다…!"

"찌그러져 있어…!"

"움머어어어어어어…!"

카지코가, 렌지가, 모구조가 조란을 뒤쫓는다. 이건 되겠다.

되지 않을까?

그렇게 생각한 직후에 란타의 몸에 불이 붙더니 발버둥을 쳤다.

"우오옷! 끄아아아아아아아아아아아아아악…!"

주술사다. 주술사 아바엘.

아바엘은 란타에게 화염 방사를 끼얹고는 갑자기 몸을 돌렸다.

저 녀석, 잽싸다. 게다가 히트 & 런(치고 빠지기)을 충실하게 지키는 것 같다. 그 때문에 붙잡기 힘들다.

"메리, 란타를…!"

"알아…!"

"유메는 시호루를 지켜…!"

"우냐앙!"

"뭐야? 우냐앙이…!"

잘은 모르지만, 유메는 시호루 곁에 붙어 있으니까 응—이라고 말하려고 한 건지도 모르겠다.

"옴 렐 엑트 파람 다슈…!"

시호루가 섀도 콤플렉스로 측근 오크를 한 명 교란시켰으나 그 정도는 새발의 피인가? 측근 오크는 아직 열 명도 더 넘게 있고, 그리고 조란과 아바엘이 있고—이쪽은 팀 렌지 다섯 명과 하루히로네 여섯 명, 카지코 이하 와일드 엔젤스 네 명, 나머지는 다른 의용병이 셋이니까—어라? 우세네? 머리 수만으로만 계산하면 우세한 것 아닌가? 하지만 아바엘이 또 의용병 한 명에게 화염 방사를 쏟아냈다.

"우오오옷…!"

의용병은 불이 붙어 뒹굴었다. 누가 치료해주지 않으면 위험하다. 아니, 그보다 저 의용병, 신관 옷을 입었다. 옷도 불에 타고 있지만. 신관이라면 스스로 치료할 수 있을까? 저래서는 힘들 것 같다. 하지만 꼬마도, 메리도 그를 치료해주러 갈 여유는 없다.

"아바엘이다! 놈을 해치워야 해…!"

모구조와 렌지, 카지코는 조란에게 붙어 있다. 론은 샷사, 꼬마,

아다치의 곁에서 떨어질 수가 없다.

“마코 씨, 키쿠노 씨, 아즈사 씨…! 주술사를 먼저…!”

어쩌다가 이름을 외우고 있었기 때문에 하루히로는 와일드 엔젤스 여성들에게 말을 걸어보았다. 세 사람은 각각 측근 오크를 한 명씩 상대하고 있다. 그중에서 한 명, 카지코만큼 체격이 큰 전사로 보이는 여자가 호쾌하게 측근 오크를 쓰러뜨렸다. 그 타이밍을 노린 건가? 아바엘이 슬슬 그녀 곁으로 다가가 허리에 찬 단지 뚜껑을 열었다. 벌레인가? 주의를 촉구하기도 전에 벌레 떼가 체격 큰 여자를 습격했다.

“꺄아아아아…!”

여자는 벌레를 털어버리려 했다. 반사적인 동작이었을 테고, 어쩔 수 없지만 위험하다. 빨리 도망치든가 하지 않으면. 아바엘은 이번엔 바로 이탈하지 않는다. 그녀에게 다가가 뭔가 하려고 한다. 아니, 하지만 이건 찬스 아닌가…?

그렇게 생각했을 때에는 이미 하루히로는 달리고 있었다.

아바엘은 짧은 금속제 철퇴를 갖고 있다. 그것으로 여자의 무릎을 때리더니 계속해서 머리를 마구 때렸다. 여자는 투구를 쓰고 있어서 치명상인지 아닌지는 모르겠다. 하지만 털썩 무릎을 꿇더니 쓰러졌다.

아바엘이 몸을 돌려 이쪽을 향했다. ―젠장.

눈치챘다.

“갓슈쿠랏―샤앗…!”

아바엘이 철퇴를 휘둘렀다. 짧아서 피할 수 있다. 그렇게 판단한 것치고는 하루히로의 몸은 요란하게 반응했다. 바닥에 몸을 던지고 빙글 회전해서 일어나자 이미 아바엘은 도주할 태세에 들어갔다.

"빠르잖아…!"

쫓아가기 시작하고 나서, 이걸로 괜찮은 건가? 생각했다. 모르겠다. 괜찮은가? 안 괜찮은가? 하지만 저놈을 마음대로 움직이게 했다가는 피해가 확대될 뿐이다. 한 명씩 당해 숫자상의 우세도 이윽고 사라질 것이다.

무섭지만.

하루히로 따위가 저런 적을 막을 수 있는 건가? 혼자서 어떻게 할 수 있는 상대라고는 생각하지 않는다. 왜냐하면, 저거 봐.

"읏…!"

하루히로는 또 펄쩍 뛰어 바닥에 몸을 던졌다. 아바엘이 돌아봤기 때문이다. 온다—고 생각했더니 예상대로였다. 불꽃이다. 화염방사. 아주 조금이라도 대응이 늦었다면 하루히로는 불꽃에 휩싸였을 것이다.

아바엘은 다시 도망친다. 하루히로는 이미 추격을 재개했으나 거리가 좀 벌어졌다.

아니…, 이건 안 될지도. 무리 같다.

붙잡을 수가 없고, 운 좋게 따라잡았다고 해도 그 다음에는 어떻게 할 거냐고. 동료도 걱정되지만 한순간이라도 아바엘에게서 눈길을 떼면 놓쳐버릴 것 같다.

아바엘은 도망치면서 힐끔힐끔 하루히로를 살핀다.

—놓친다.

하루히로는 멈춰 섰다.

"옷슈…!"

측근 오크가 덤벼들었다. 하루히로는 측근 오크의 검을 피해 발길을 돌리더니 다른 측근 오크를 향해서 달렸다. 상대방의 사정거리 안에 들어가기 직전에 몸을 틀어 급회전하자 측근 오크끼리 서로 부딪칠 뻔했다. 그 사이에 하루히로는 측근 오크들에게서 떨어졌다.

발을 멈추지 않고 주위를 둘러보았다. ―놓쳤다?

그럴 리가 없다. 1층은 넓다고 해도 한계가 있다. 마음먹고 찾으면 금방 찾을 수 있다.

그런데도 아바엘은 사라진다. 사라졌다가 갑자기 나타난다. 물론, 실제로 사라질 리가 없다. 이쪽의 시야 밖으로 나가거나 측근 오크들 사이에 숨어 있거나 해서 사라진 것처럼 보이는 것뿐이다. 그리고 잊어버릴 때쯤에 갑자기 기습해 온다.

하루히로는 아바엘을 포기했다. 아바엘이 그렇게 생각해주면 좋겠다.

아바엘에게 있어서 하루히로는 사라진 것이다.

그러면 아바엘은 또다시 공격으로 나설 것이다.

하루히로는 이제 아바엘을 보고 있지 않았다―그런 척을 한다.

보아하니 아바엘은 론네 쪽으로 갈 생각인 모양이다. 아니면 두 명이 된 와일드 엔젤스인가? 혹은 모구조나 렌지나 카지코인가? 종잡을 수 없는 움직임이다.

저렇게 해서 표적을 향해 육박하는 건가? 흉내 내주지. 아니, 도적답게 훔쳐주지.

알았다.

아바엘의 다음 표적을.

론과 꼬마의 보호를 받으며 카논 매직으로 측근 오크들을 방해하고 동상을 일으키는—아다치다.

아바엘이 아다치를 사정권에 포착하고 화염 방사를 쏟아내려고 하는 그 직전에, 하루히로는 백 스태브를 감행했다.

"크…!"

아바엘은 아슬아슬하게 몸을 틀었다. 하루히로의 대거는 아바엘의 왼쪽 팔을 파헤쳤을 뿐이다.

하루히로는 실패한 것이다. 그런데도 아바엘은 반격하지 않고 후다닥 도망친다. 자기가 절대적으로 유리한 상황에서만 승부하는 건가? 철저하다. 비겁하다고나 할까, 현명하다. 교활하다. 아바엘은 아마도 하루히로가 노리는 걸 간파한 것이겠지. 하루히로는 아바엘의 방식을 훔쳐서 모방했다. 하지만 분명 들통이 났다. 같은 수법은 이제 통하지 않는다. 여기에서 놓치면 아바엘은 경계를 강화할 것이고, 파고들 틈이 사라질지도 모른다.

"이그저스트…!"

"우케엣…?!"

아바엘은 순간 무슨 일이 일어난 건지 몰랐을 것이다. 갑자기 옆에서 엄청난 기세로 인간의 엉덩이가 돌진해 오다니, 웬만해서는 생각할 수 없는 일이다.

란타의 힙 어택을 맞고 아바엘은 고꾸라졌다.

그러나 왜 이 녀석은 가끔씩 엄청나게 타이밍이 좋은 거지? 너무 좋잖아. 기분 나쁠 정도다.

어쨌든 이렇게 되면 그 선이 보이지 않아도 해치울 수 있다.

하루히로는 신중하고도 신중하게 백 스태브가 아니라 스파이더를 선택했다. 뒤에서 아바엘을 붙잡고 결박했다. 턱 밑에 대거를 들이대고 단숨에 베고는 곧바로 떨어졌다.

"히죽…!" 란타는 입으로 소리 내어 말했다. 바보 아니야? 아니, 바보 맞지만.

란타는 롱 소드를 비스듬히 치켜 올리더니 아바엘의 목덜미에 박았다. 목이 날아간 것까지는 아니었으나 반 정도까지 베었다. 발로 차서 쓰러뜨리고 한 번 더. 한 번이 아니라 두 발, 세 발. 아바엘은 움직이지 않게 되었다.

"으쌰! 50골드…! 획득…! 겸사겸사 바이스도…!"

역시 란타다. 꿋꿋하다. 차라리 감탄한다. 아니, 하지 않는다. 할 리가 없지.

"남은 건 조란이다…!"

측근 오크들도 있지만 우선은—이라고나 할까, 아무튼 조란 젯슈다. 성가신 아바엘이 사라져서 조란과 3대 1이니까 해볼 만하다.

"모구—조…?!"

성원을 보내려고 했더니 조란이 펄쩍 뛰었다. 전방 공중제비다. 조란의 등을 베려고 한 카지코는 헛스윙을 했고, 앞에 있던 렌지와 모구조는 버티지 못하고 뛰어서 물러섰다.

"뭐야—." "큭…!" "우옷…?!"

"카아아아아아아아아아아아아아아아아아아아아아아아아아…!"

그리고 조란은 돌았다. 앞으로 공중제비는 세로 회전이었으나 전진하면서 팽이처럼 빙글빙글, 이번엔 옆으로 가로 회전이다. 빠르다. 엄청난 속도다. 렌지도, 모구조도 아무것도 하지 않았던 건 아니다. 물러섰다. 하지만 완전히 물러서진 못했다. 둘 다 조란의 쌍검을 타탁—검으로 막아낸 후 날려갔다.

조란은 사이를 두지 않고 곧바로 모구조를 공격했다. 몰아붙인다. 렌지가 도우려고 하면 곧바로 그쪽을 향해서 반격한다. 힘찬 공격으로 렌지를 후퇴하게 만들고, 모구조에게 쌍검을 휘두른다.

"으랴아아아아아아아아아아아아아아아아아아아아아아아아아…!"

카지코가 뒤에서 조란에게 덤벼들었다. 하지만 조란은 돌아보면서 쌍검을 한두 번 휘둘러 카지코를 떨쳐내고 다시 모구조를 공격한다. 모구조. 모구조. 조란은 집요하게, 철저히 모구조만 노렸다. 렌지가 끼어들려고 하면 공중제비와 회전 베기의 콤보로 멀어지고, 그러고는 다시 모구조. 어째서야? 어째서 그렇게까지. 모구조는 이미 검으로는 거의 방어할 수 없다. 갑옷이 너덜너덜해졌다. 투구도 찌그러졌다. 소모되고 있다. 모구조가 시시각각. 물론 어떻게든 해주고 싶다. 하지만 어떻게 하면.

조란의 공세에 용기가 고무된 건지 측근 오크들이 옷슈, 옷슈—하고 외치면서 달려왔다. 하루히로도 측근 오크에게 공격을 당해 스와트로 막고 있었는데, 이 녀석, 세다. 대거가 날려갈 것 같다. "—파루피로…!" 란타가 엄호해줘서 아슬아슬하게 위기를 모면했으나, 걸핏하면 파루피로라니, 뭐냐고? 파루피로가. 덕분에 살긴 했지만.

"캇…!"

조란의 검에 맞아 카지코의 투구가 벗겨졌다. 얼굴이 선혈로 물들었다.

"물러서 있어…!" 렌지가 외쳤다.

마코인지, 키쿠노인지, 아즈사인지가 카지코를 잡아끌고 갔다.

그럼 안 되잖아.

전혀 안 된다.

이번에야말로 될 거라고 생각했는데.

너무 강한 것이다. 조란 젯슈. 이슈 도그란은 비교도 안 된다. 괴물이다.

하지만 뭔가—뭐지? 뭔가 이상하다고나 할까, 마음에 걸린다고나 할까. 밸런스.

그래. 밸런스다. 무슨 밸런스? 몸의. 좌우다. 좌우의 균형. 좌—좌로 돌기. 돌아볼 때 조란은 반드시 왼쪽으로 돌아본다. 그런데 회전 베기 때에는 다르다. 오른쪽으로 돈다. 어째서? 묘하다. 뭔가 걸린다.

"파로포로…! 네가 멍하고 있으면 어떻게 해…?"

멍하고 있을 때가 아니다. 그야 그렇다. 파로포로가 아니지만. 란타의 말은 맞긴 하지만 하루히로는 생각한다. 이건 중요한 일이다. 그런 느낌이 든다.

쌍검. 조란은 왼손잡이인가? 왼손잡이? 왜 그렇게 생각했지?

딱딱하니까. 움직임이. 오른팔보다도 왼팔의 움직임이 매끄러워 보인다. 오른팔은 위아래 움직임이 적고 허세를 부리는 것 같은—그렇거나 이상하게 힘이 들어간 것 같은.

보호하는 것 같은.

예를 들어, 오른쪽 어깨와 오른쪽 옆구리 쪽이 고장 났다면 저렇게 움직이지 않을까? 의식하지 않아도 자연히 그곳을 감싸는 움직임이 된다.

하지만 그래서 뭐?

지근거리에서 필사적으로 조란과 맞서 싸우는 렌지와 모구조는 분명 그런 것은 눈치채지 못했을 것이다. 하루히로는 떨어진 곳에서 보고 있었기 때문에 우연히 알아챘다.

그래서, 그게 어쨌다는 건가?

"란타…!"

"엉?"

"100골드, 갖고 싶냐?!"

"당연하지!"

"그럼 미끼가 돼! 너밖에 못하는 일이야!"

"—핫! 너도 이제야 내 활용법을 알게 된 모양이다! 어떻게 하면 돼…?!"

하루히로는 간단하게 설명했다. 란타의 역할은 위험하지만 단순하다. 암흑기사인 란타라면, 성패는 둘째치고 시도해보는 것만이라면 어렵지는 않을 것이다.

문제는 모구조와 렌지다.

"모구조, 렌지…! 저 녀석 돌아볼 땐 왼쪽으로 도는 버릇이 있고 오른쪽이 약하다! 오래된 상처나 그런 게 있을 거야…! 란타를 정면에 세운다! 너희 둘은 뒤에서…!"

이걸로 이해해줄까? 이해했다고 해도 가능한 건가? 확신 같은 건 없다.

하루히로는 메리 쪽을 보았다. 메리, 유메가 둘이서 측근 오크를 막아내며 시호루를 지키고 있다. 시호루는 섀도 본드로 다른 측근 오크의 발을 묶고 있다. 살아 있어주는 것만으로도 좋아. —초코.

초코가 쓰러져 있다. 죽었다.

죽었다면… 끝이다.

끝내자.

결판을 내주지.

"한다, 란타! 각오는 되어 있지…?!"

"그래! 150골드다…!"

"그게 중요하냐?"

하루히로는 달렸다. 조란은 모구조와 렌지에게 쌍검으로 맹공격을 가하면서 하루히로를 눈으로 좇고 있다. 눈썰미가 좋다. 하루히로는 조란의 뒤로 돌아가려고 했다. 간파당했다. 하지만 이건 어떨지?

"어이, 잡어…!" 란타가 조란의 정면으로 뛰어나갔다. "네놈 따위 나 혼자서 충분하다고, 망할 잔챙이! 듣고 있냐? 잡어! 잡—어 잡—어 잡—어…!"

롱 소드 끝을 조란에게 향하고 요란하게 허세를 부리는데, 사실 사전에 입을 맞춘 대로 하고 있는 것이긴 해도 참으로 수준이 낮다.

그러나 저 정도까지 해대면 말이 통하지 않아도 모욕당하고 있다는 것은 알 것이다. 열을 받은 건가? 조란은 앞으로 공중제비를 한 후 회전 베기로 연결시켰다.

"카아아아아아아아아아아아아아아아아아아아아아아아아아…!"

"이그저스트…!"

란타는 날려간 것이 아니다. 스스로 바로 뒤로 날아 조란의 회전 베기를 피했다고나 할까, 회전 베기의 사정거리 밖으로 뛰어나갔다.

"메롱! 바—보! 뻔히 보인다, 잡—큭, 이그저스트…!"

기세등등해지는 란타를 조란이 맹추격한다. 란타가 이그저스트로 물러선 거리를 조란은 한순간에 다시 좁힌다.

하지만 하루히로가 생각했던 대로다. 모구조도, 렌지도 전투력은 당연히 란타보다 뛰어나다. 1대 1로 승부하면 란타는 분명히 진다. 그렇다고 해서 두 사람이 하나부터 열까지 다 란타보다 뛰어난 건 아니다. 란타 쪽이 우월한 부분도 있다.

조란이 공중제비에서부터 회전 베기의 연속 기술로 공격하면 모구조와 렌지는 미처 피하지 못하고 검으로 방어할 수밖에 없다. 처음에만이 아니라 몇 번이나 같은 일이 반복되었다. 모구조와 렌지가 둔한 게 아닐 것이다. 온다는 걸 알고 있어도 피할 수가 없다. 조란의 연속 기술은 그 정도로 발동이 빠르고 사정거리도 길어서 위험한 것이다. 그런데 란타는 피했다.

이그저스트라는 스킬의 성능이 있기 때문에 가능한 이야기인데, 적어도 저 콤보 기술을 피하는 것에 있어서는 전사인 렌지와 모구조보다 암흑기사인 란타 쪽이 위다.

"카아아아아아아! 카아아아아아아아아아아아아…!"

"이그저스트…! 이그저스트…!"

조란은 오기가 발동했다. 란타 따위를 붙잡지 못하니 열 받는 것도 무리는 아니다.

덕분에 하루히로는 조란의 뒤로 돌아갈 수가 있었다. 모구조와 렌지도 하루히로와 함께 조란을 뒤쫓고 있다.

"왼쪽으로 도니까…!"

공격한다면 오른쪽 뒤에서부터다. 왼쪽 뒤와 바로 뒤에서 공격하는 것보다도 조란의 검이 뻗어올 때까지, 아주 약간이지만 시간이 걸린다.

"우하하핫…! 너 따위는 날 쓰러뜨릴 수 없어…!"

질리지도 않고 란타가 계속 도발하자 조란이 짖었다. 콤보다. 앞으로 공중제비에서부터 회전 베기. 란타는 또다시 이그저스트로 도망간다. 회전 베기가 끝날 때 조란의 오른쪽 뒤에서 렌지가 공격했다.

조용히, 재빨리, 날카롭게, 용맹하게.

숨어드는 것처럼, 그러나 급속히 접근해서 검으로 내리친다.

조란은 반응했다. 역시 왼쪽으로 돈다. 왼손의 검으로 백핸드라고 하나? 바깥쪽으로 휘둘러 렌지의 검을 튕겨내려고 한다. 아슬아슬했다.

종이 한 장 차이로 조란의 검은 렌지의 검을 막았다.

하지만 지금까지와는 다르다. 렌지의 검은 조란의 몸에 닿지는 않았지만, 조란의 검을 밀어냈다.

사실 조란은 쌍검잡이다. 조란은 곧바로 오른손의 검을 렌지의 몸을 향해 휘둘렀다. 렌지는 분명 방금 전의 일격에 모든 것을 걸었다. 방어 같은 건 버렸다.

피할 수 없다.

"크…!"

갑옷 덕분이겠지. 베이진 않았다. 하지만 직격이었다. 렌지는 쓰러졌다.

실패다.

실패했다.

하루히로의 발은 멈출 뻔했다. 모구조는 그러지 않았다.

"참으로…!"

하지만 무모하다. 참으로 베기 즉, 레이지 블로. 앞으로 내딛으며 혼신의 힘을 담아 비스듬히 내리친다. 기습이 아니다. 조란은 대기하고 있었다. 적절한 타이밍까지 기다렸다가 쌍검으로 막아내는 일조차 하지 않았다. 조란의 검은 모구조의 검보다 빨랐다.

모구조는 먼저 왼쪽 어깨를 맞았다. 그리고 오른쪽 팔. 왼쪽 하복부. 오른쪽 옆구리. 그리고 머리. 왼쪽 측두부. 정수리.

판금 갑옷과 투구가 저렇게 튼튼하구나. 잘리지 않는다. 설령 잘리지 않았다고 해도 멀쩡할 리는 없다. 우글쭈글하게 찌그러졌다.

아무리 생각해도 멀쩡할 리가 없는데, 모구조는 쓰러지지 않는다. 무릎도 꿇지 않는다. 힘껏 버티는 자세로 서 있다. 그렇구나.

스틸 가드.

갑옷 같은 방어구의 방어력을 충분 이상, 120퍼센트 활용, 이끌어내어 적의 공격을 튕겨내는 중장식 전투술 스킬이다.

단, 어디에서 어떻게 봐도 튕겨내지는 못했다. 일방적으로 얻어맞고 있다. 견딜 수 있는 건가? 아무리 모구조가 터프해도 긴 시간은 버티지 못하겠지. 그렇다면.

하루히로가 할 일은 한가지다.

몸은 멋대로 움직이고 있다. 하루히로는 도적이다. 상대의 뒤만 노리는 비겁자이며 언제나 그것만 생각하고 있으니까 이런 때도 마찬가지다.

조란은 모구조에게 집중하고 있다. 어째서 이 인간은 쓰러지지 않는 거냐? 분명 그렇게 생각하고 있을 것이다. 묘하다. 이상하다.

어쩌면 소름 끼친다고 느끼고 있을지도 모른다. 초조감에 휩싸여 있을지도 모른다.

하루히로는 조란의 등을 향해서 돌진했다. 선? 그런 건 보이지 않는다. 아무래도 상관없다. 단, 왠지 이쯤인가? 라는 느낌은 있었다. 조란은 빨갛고 상당히 좋아 보이는 갑옷을 입었고 투구도 썼지만, 그 사이에 아주 약간은 빈틈이 있다. 여기에 들어가지 않을까? 조란은 키가 크니까 하루히로는 대거를 거꾸로 쥐고 내리쳤다. 목과 등의 경계 부근이다.

박혔다.

그 순간, 조란의 몸이 굳었다.

뽑고 다시 한 번 찌르려 했으나 조란의 왼팔이 날아와 날려갔다.

"참으로…!"

하루히로는 바닥을 구르면서 모구조가 참으로 베기를 쏟아내 조란의 어깻죽지에 명중시키는 것을 보았다. 조란은 모구조를 발로 차내고 우선 그 자리를 벗어나려고 했는지도 모른다. 그렇게 둘쏘냐. 하루히로는 조란의 오른팔에 달라붙었다. 곧바로 왼쪽 발꿈치에 머리를 맞아 순간적으로 의식이 날아갔다.

정신을 차리고 보니 카지코가 조란에게 일격을 가하고 있었다. 론도 근처에 있었다. 아다치가 카논 매직을 조란에게 날렸다. 꼬마가 지팡이로 조란을 강타했다. 란타가 베었다. 시호루가 섀도 비트를 사용했다. 유메도 헌팅 나이프로 조란을 한 발 때렸다. 메리까지 석장으로 조란을 때렸다.

머리를 맞은 탓인지 하루히로는 멍했다. 뭔가 좀 이상하네. 다들 뭔가가 씐 것처럼 조란을 마구잡이로 때리고 있다. 뭐, 이해 못하는 건 아니지만. 무서운 꼴을 당했으니. 모두가 죽을 뻔했다. 정말로, 장난 아닐 정도로 너무 무서운 상대였다. 그 조란은 이미 바닥에 웅크리고 무저항이다. 아직 살아 있는 건가? 어떤 거지? 측근 오크들은 어떻게 하고 있는 건가? 조란을 구하려 하는 측근 오크도 있지만 금방 당한다. 그보다 측근 오크의 숫자가 희한하게 적다. 그게 아니라, 이쪽이 많다. 와일드 엔젤스와 어딘가에 숨어 있던 의용병들이 뛰어나와서 측근 오크들을 하나하나 에워싸고서 죽이고 있다.

하루히로는 뒤통수를 만져보았다. 피는 나지 않는다. 하지만 얼굴은 젖어 있다. 머리를 차일 때 바닥에 코와 턱을 부딪쳐 출혈을 한 모양이다. 숨을 쉬기가 힘든 걸 보니 코뼈가 부러진 건지도 모른다.

"이제 됐어."

렌지가 일어서서 카지코와 팀 렌지의 멤버들과 하루히로의 동료들을 밀어냈다. 뭔가 소리치며 반항하려던 란타는 렌지에게 맞았다.

렌지는 이슈 도그란의 검을 치켜들었다. 누군가가 말릴 틈도 없었다.

내리쳐서 조란의 목을 떨어뜨렸다.

"끝났다."

홀이 조용해졌다.

"오오…!" 누군가가 환성을 질렀다.

몇 명의 측근 오크가 오크 언어로 뭔가 외치면서 와일드 엔젤스에게 돌격하다가 반격당했다.

"하루…!" 메리가 달려왔다. "괜찮아…?!"

하루히로는 끄덕였다. 뭔가 말하려고 했으나 목소리가 나오지 않았다.

"150!" 란타가 폴짝폴짝 뛰며 기뻐한다. "150골드다…!"

"결정타를 날린 건 렌지잖아!"

삿사가 항의하자 카지코가 "분배해야지!" 라고 외쳤다.

아무래도 상관없나. 아니, 상관없지는 않지만. 큰돈이니까. 새로운 스킬을 배우거나, 숙소를 나와 임대 숙소의 열쇠 달린 방을 빌린다거나, 장비를 갖추거나, 여러 가지를 할 수 있다. 특히 방어구는 상당히 너덜너덜해졌으니까 고치거나 새로 사거나 해야 한다.

아—, 하지만 머리가 안 돌아간다.

측근 오크는 모두 죽인 듯, 시호루는 안도한 건지 울고 있고, 유메가 안아주며 "괜찮아, 괜찮아. 다행이다. 다행이야, 다행이야" 라며 머리를 쓰다듬어주고 있다.

"일어설 수 있겠어?" 메리가 물었다. 응, 아니, 무리. 하루히로는 순간 거짓말을 하려고 했다. 메리가 다정하게 대해줄 것 같아서. 하지만 그만뒀다.

"어떻게든 설 수 있을 것 같아." 하루히로는 몸을 일으켰다. "—아니, 나보다…."

어째서 우두커니 서 있는 거지?

다들 팔짝팔짝 뛰거나, 말싸움을 하거나, 동료인 신관에게 치료를 받거나, 왠지 떠들썩한데 그저 서 있다.

하지만 뭔가 이상하다.

검을 들지 않았다. 두 팔은 축 늘어져 있다.

서 있는 것만으로도 대단하지만.

용케도 서 있네. 서 있을 수 있네. 그런 상태로. 투구도 찌그러진 것뿐만이 아니라 비뚤어져 있고. 여기저기에서 피가 흘러나와 뚝뚝 떨어지고 있다.

갑자기, 천천히 쓰러졌다.

뭔가에 기대어 서 있던 무거운 물건이 갑자기 지지대를 잃고 쓰러졌다. 그런 식이었다.

메리가 숨을 들이켰다.

하루히로는 그의 이름을 불렀다.

"…모구조?"

— 다음 권에 계속 —

작가 후기

저는 다행히도, 고맙게도 소설을 써서 생계를 유지할 수가 있습니다. 어떻게 된 까닭인지 끊이지 않고 다양한 분들로부터 일을 받아서, 써야 하는 원고를 쓰는 것만으로도 살림을 꾸려나갈 수 있는 무척 혜택받은 환경입니다. 나름대로 바쁘기는 하지만 실제로는 시간을 내려고 하면 얼마든지 낼 수도 있고, 끊임없이 소설을 쓰고 있는 이유는 요컨대 쓰고 싶으니까 쓰는 것입니다. 가끔씩 하루나 이틀 정도 일이 끊기면 사두었던 게임을 느긋하게 플레이하기보다는 구상하고 있던 아이디어를 소설로 쓰는 걸 생각하거나 합니다.

놀이와 일의 구별이 저에게는 거의 없습니다. 원래 친구가 적어서 저에게 있어서는 논다=혼자서 게임을 한다는 느낌이었으니까, 혼자서 소설을 쓰는 것도 놀이인 셈입니다. 물론 소설을 쓰는 것은 즐겁기만 한 것은 아닙니다. 힘겹거나 고통스럽기도 합니다. 그러나 게임도 아무리 해도 클리어할 수 없어 악전고투하는 경우도 있습니다. 그것을 극복하고 게임을 클리어했을 때의 기쁨, 해방감은 각별한 것입니다. 소설도 마찬가지입니다. 고생해서 완성하면 역시 무척 기쁜 것입니다.

저는 반은, 아니, 반 이상 놀면서 지내는 것과 같습니다. 소설을 쓰는 과정에서 난관에 부딪치는 경우는 자주 있지만, 지금까지 몇 번이나 넘겨왔고 앞으로도 극복할 수 있을 것이라고 비교적 낙관적으로 생각합니다. 설령 실수를 한다고 해도 제가 전장에 있는 것도 아니고 그렇다고 죽는 것도 아니니까 만회하는 것은 가능하겠지요. 뭐, 어떻게든 될 겁니다.

저는 옛날처럼 게임을 하지 않게 되었습니다. 그 이유는 아마도 여기에 있을 겁니다. 저에게 게임은 적어도 어느 시기엔 유일하다고 해도 좋을 정도의 놀이였습니다. 하지만 저는 지금 소설을 쓰면서 놀고 있습니다. 덕분에 게임을 하며 놀 틈이 없는 것입니다. 그렇긴 해도, 게임에서만 맛볼 수 있는 흥분, 새로운 감각이 분명 있을 것이니 그것을 추구하며 오늘도 게임 정보를 계속 찾아보고, 마음에 걸린 게임은 구입해서 잠깐 플레이해보고는 살짝 실망하고, 하지만 다음 만남을 기대하는 일을 그만둘 수가 없습니다. 분명 죽을 때까지 그만두지 않겠지요.

페이지가 다 찼습니다. 편집 K 씨와 시라이 에이리 씨, KOME-WORKS의 디자이너님, 그 외에 이 작품의 제작과 판매에 관여해주신 분들, 그리고 지금 이 작품을 선택해주신 여러분께 진심으로 감사와 가슴 한가득 사랑을 담아 보내며 오늘은 이만 펜을 놓겠습니다. 또 만나 뵐 수 있다면 기쁘겠습니다.

주몬지 아오

역자 후기

이런 장면에서 '다음 회에 계속'이라는 방식은 소설이며 드라마에서도 드물지 않게 보긴 합니다만, 그 감정의 여운을 이끌고 후기를 쓰는 심정으로서는 다소 곤혹스럽습니다. 자연히 후기의 내용이나 분위기가 제한된다고나 할까요, 밝은 이야기를 쓰기가 쉽지 않습니다.

슬픔이나 상처의 치유에는 시간만 한 약이 없다고들 합니다만, 정말로 시간이 모든 것을 치유해줄까요? 문득 그런 의문이 듭니다. 예를 들어 사랑하는 이를 잃은 사람의 상실감은 아무리 시간이 흐르고 세월이 지나도 늘 현재형인 경우도 있을 것이기 때문입니다.

그러나 슬픔에는 기한이 없어도 슬픔을 표현하는 것이나 애도에는 유통기한 비슷한 것이 있지 않을까 하는 생각을 요즘 합니다. 어떤 슬픈 일에 대해서 제가 여기에서 언급을 한다 해도 이 책이 발간되는 것은 몇 개월이 지난 후가 될 것입니다. 그러면 그때 그 글을 읽는 분들은 '이제 와서 왜 이 이야길 꺼내어 다시금 심란하게 만들까?' 하고 생각하실 수도 있습니다. 물론 잊히고 싶지 않다고 생각하고 계속해서 회자되기를 바랄 수도 있습니다만, 때로는 아픔 없는 추억으로 떠오를 수 있게 될 때까지는 끄집어내길 원치 않을 수도 있습니다.

그래서 책처럼 시간적인 과정이 필요한 것에서는 표현할 내용이 제한될 수가 있는 것이고, 실시간으로 반응하고 표현할 수 있는 sns가 많은 이들에게서 인기를 얻는 이유 중의 하나인지도 모르겠습니다.

어떠한 시대, 어떠한 세상에도 사람에게는 각기 다른 희로애락이 있을 것이고 지금도 그러할 것입니다만, 작년 대한민국은 슬프고 안타까운 일이 유난히 많았던 것 같습니다. 이 책이 나올 때에는 이미 2015년이 되어 있을 것 같습니다만, 2015년에는 여러분들께 희망과 행복이 가득하기를 바랍니다.

독자 여러분, 좋은 새해를 맞이하시길.

2015년 1월

이형진

재와 환상의 그림갈 level. 3
뜻대로 되지 않는 것이 세상사라고 납득하는 수밖에 없지만

2015년 1월 8일 초판 인쇄
2015년 1월 15일 초판 발행

저자 · AO JYUMONJI
일러스트 · EIRI SHIRAI
역자 · 이형진
발행인 · 안현동
편집인 · 황민호
책임편집 · 신우미 장연지
한국판 디자인 · 디자인 우리
국제업무 · 이주은 김준혜 장희정 오선주 박경진
제작 · 심상운 최택순 성미영
발행처 · 대원씨아이(주)

서울 특별시 용산구 한강로3가 40-456
대표전화 : 02-2071-2000 FAX : 02-797-1023
편집부 : 02-2071-2104 FAX : 02-794-2105
영업부 : 02-2071-2061 FAX : 02-794-7771
1992년 5월 11일 등록 3-563호

http://www.dwci.co.kr/

원제 灰と幻想のグリムガル 3

ISBN 979-11-5754-380-9
ISBN 979-11-5625-426-3 (세트)

N T Novel

하얀 황왕공주와 이능 마도소대 1

글 **키류 쿄우스케**
일러스트 **마츠노 카네루**
번역 **김현숙**

"'마도'를 쓰지 못한다 해도 나에게는 나만의 싸움법이 있어!!"
황왕교회가 절대적인 권력을 쥐고 있는 세계. 그곳에는 재해수라 불리는 몬스터들이 사람들의 생활을 위협하고 있었다. 주인공인 에일은 재해수 퇴치가 생업인 평범한 헌터. '마도를 쓰지 못한다는 것'과 '이상하리만치 운이 좋다'는 점만 제외한다면? 그리고 헌터인 에일의 생활은 알리시아의 알몸을 목격한 순간부터 돌변. 마도를 쓰지 못하는데 마도소대의 대장에 임명되다니?! 게다가 그곳에는 한성깔 하는 녀석들뿐. 미소녀 대원들과 무능한 주인공의 유대가 만들어내는 택티컬 판타지 개막!

N T Novel

듀라라라!! 외전?!

글 **나리타 료우고**
일러스트 **야스다 스즈히토**
번역 **민유선**

【내 마음은 냄비 모양】 세르티와 신라의 집에서 열린 전골파티에서 하나둘씩 드러나는 각자의 첫 만남과 에피소드.
【듀후후후!!】 누마부쿠로에서 온 가짜 시즈오 때문에 이케부쿠로는 은근슬쩍 대혼란에…?
【성인식은 갑자기】 이자야와 시즈오뿐 아니라 신라와 카도타가 맞이하는 성인식의 행방은—?
【세계의 중심에서 사랑을 피하다】 이케부쿠로에 나타난 몽마 덕분에 각자의 망상과 현실이 교차하게 되는데….
그 외에도 신작 및 레어 장편(掌篇), 공식해적본에 게재된 단편 등을 수록!!